KB159630

자연스럽게, 채식 일상

내 속도로 해 보는 비건 연습

자연스럽게, 채식 일상

장유리 지음

ㅎ시

내 작은 주방에서
하루를 시작합니다.

PLENTY

저마다 다른 모양을 한 채소와 과일을

요모조모 살펴보는 재미가 있고,

화려하지는 않아도 정이 가는 접시를 매만지며
여기 담을 요리를 떠올립니다.

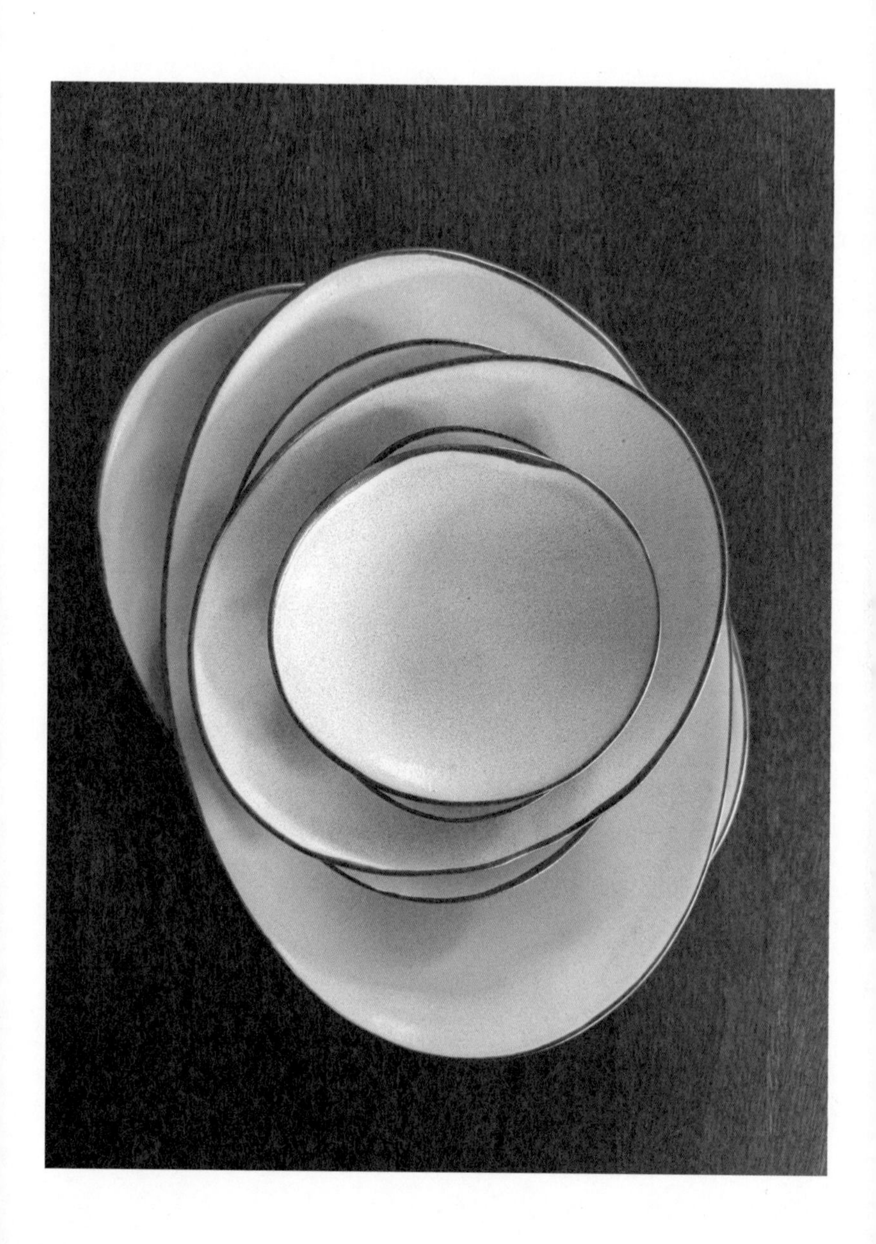

내 작은 주방에서

느긋하고, 행복하게 시작하는 건강한 채식 일상

"같이 해 보실래요?"

프롤로그

채식을 할 생각은 없었다. 아니, 하고 싶지도 않았다. 식단을 제한하고, 하나의 믿음만을 따르고, 때때로 유난스러워 보인다는 점이 마음에 퍽 와닿지 않아서였다. 그러니까 내가 채식주의자, 육고기뿐 아니라 치즈나 달걀, 생선 등 동물성 재료를 섭취하지도 소비하지도 않는 비건이 된 건 나 스스로도 신기한 일이다.

비건이 된 건, 순전히 나 좋자고 시작한 이기적인 결정들이 모인 결과다. 비염, 아토피, 한포진을 달고 사는 데다가 예민해서 하루하루 지내는 게 곤욕이었다. 좀 더 건강하고자 하는 바람이 돈을 많이 벌고 싶다는 물욕보다 컸다. 내 몸에 해롭지 않은 음식으로 천천히, 조금씩 식단을 바꿨다. 그저 두 콧구멍으로 숨 잘 쉬고, 염증 없는 깨끗한 피부로 평탄한 삶을 살고 싶었던 나는, 그 꿈같던 과녁에 다다랐고, 어느새 채식주의자가 되어 있었다.

'우리 모두 채식주의자가 되자' 선동하려고 이 책을 쓴 것은 아니다. 비건이 되어야 건강할 수 있다는 막연한 믿음을 주기 위해 쓴 것도 아니다. 육식을 줄이면 인류의 파렴치한 동물 학대와 지구 온난화의 속도를 줄일 수 있지만, 농약이나 식품첨가제를 계속 과도하게 사용한다면 우리의 건강과 환경이 악화될 것이다. 또 채식을 한다고 해서 건강해질 것이라고 장담할 수도 없다. 동물성 재료를 쓰지 않은 가공식품이나 인스턴트식품은 채식인에게 적합할 수 있지만, 그것이 곧 건강한 식품은 아니기 때문이다.

'건강한 삶을 살자'라는 자기애적 목적을 따르다 보니 그 삶의 형태가 환경도 지키는 방식이라는 걸 알게 되었다. 나를 먼저 돌보자 내 주변도 둘러볼 줄 아는 사람이 되어 있었다.

내가 글을 쓰기 시작한 것도 건강을 향한 10년간의 여정을 다른 사람들과 나누고 싶어서였다. 나와 비슷한 곳 어딘가에서 갈팡질팡하는 사람들, 과거의 나처럼 '채식 따위를 도대체 왜 하는지 모르겠다'고 생각하는 사람들, 채식을 시작하고서도 수많은 번뇌와 시행착오를 겪고 있을 사람들과 공감하기 위해서.

전문가도 아닌데 채식에 대해 무슨 얘기를 할지 망설인 날도 있었다. 그래도 오랫동안 고민하고 조금씩 변화하며 다져 온 내 경험들이 쌓이니 이렇게 한 권의 책이 되었다. 이 책에는 내게 맞는 건강한 식단과 식사법, 채식을 지향하다가 비건으로 전환하게 된 이야기, 그리고 먹는 것이 바뀌자 찾아온 삶의 변화를 담았다. 간혹 가공식품이나 육식에 대해서 다소

강경하게 목소리를 낸 부분이 있다. 그렇지만 이런 목소리도 누군가의 마음에 가닿아 좋은 자극이 되었으면 좋겠다.

채식을 하고 깨달은 점이 있다. 채식은 나를 제한하지도, 맹목적인 믿음을 갖게 하지도 않는다는 것이다. 남에게 폐를 끼치는 일은 더더욱 아니라는 것이다. 직접 겪고 나니, 내가 채식의 세계에 다가가기 어려웠던 그 모든 이유들은 진실이 아니었다. 채식을 한 뒤로 나는 더 자유롭고, 유연하고, 따뜻한 호의를 주고받을 줄 아는 사람이 되었다. 누군가는 부족하다고 여길 '풀때기' 식사를 통해 모든 것을 기르고 풍요롭게 하는 땅, 내 즐거움을 위해 죽지 않은 동물들, 나와 같은 가치를 나누는 사람들을 생각한다. 그리고 그들에게 끝없는 감사를 느낀다.

행복한 비건으로 살고 싶은

장유리

차례

3. 단호함과 유연함, 그 사이

4. 식탁의 변화, 삶의 변화

1. 나, 이대로 먹어도 될까?

그래서 나는 건강하게 살기로 했다

2015년 5월 7일

아침 – 바나나 하나, 사과 하나, 견과류 한 움큼

점심 – 청계천 주변 식당에서 순두부찌개

간식 – 초콜릿, ○○이가 준 과자

저녁 – 강남역 근처 식당에서 쌀국수, 소이라테

그날 저녁은 손이 무척 간지러웠다. 나는 그날 먹은 것을 적고 의심스러운 식사 옆에 표시를 해 두었다. “6년 전 어느 날 점심으로 뭘 먹었는지 혹시 기억하나요?”라고 누군가 묻는다면 “누가 그런 걸 다 기억하고 살아요?”라고 대답하는 게 당연하다. 하지만 나는 그런 걸 다 기억하지는 못해도 기록해 두었다. 아니, 기록해야만 했다. 그게 내 몸을 이해할 수 있는 유일한 길이었다.

식사를 기록하기 전에는 내 몸에 왜 이런 일이 벌어지는지 이해할 수 없는 증상이 많이 나타났다. 어느 날은 아토피가 너무 심해서 긁느라 밤에 잠도 못 잤다. 그런데 어떤 날은 언제 그랬냐는 듯 간지럽지 않았다. 나는 그 원인이 궁금해서 내 몸에 실험을 해 보기로 했다. 우선 매일 달라지는 게 뭔지 알아보기로 했다.

따져 보면, 매일 다니는 동선도 정해져 있고, 샴푸나 로션도 늘 같은 제품을 사용했다. 달라지는 건 오직 내가 입에 넣는 것들이었다. 하루는 치킨을 시켜 먹고, 어떤 날은 빵을 하나 더 사 먹고, 또 어떤 날은 친구들을 만나 식당에서 밥을 사 먹었다.

오늘 뭘 먹었는지 다음 날 다 기억하지 못할까 봐 매일 저녁 그날 먹은 모든 것을 세세하게 적었다. 그리고 속이 더 부룩했다거나, 편두통이 있었다거나 하는 내 몸이 느끼는 불편한 점들을 함께 기록했다.

라면을 먹으면 즉각 반응이 왔다. 얼굴에 열이 오르고 손이 아주 심하게, 오랫동안 간지러웠다. 시판 과자나 편의점 샌드위치를 먹어도 그랬다. 내 식사 기록장에 의심되는 음식들의 목록이 점점 늘어났다. 가공식품이나 인스턴트식품, 배달 음식이 대부분이었다. 그런데 신기하게도 집밥만 먹은 날은 그 정도가 덜 했다. 그리하여 요리에 대해 뭣도 모르던 내가 집밥을 해 먹기 시작했다.

집밥을 해 먹으면서 느낀 점이 있다. 식재료 가격이 외식하는 것보다 저렴하지 않다는 것, 외식하는 것보다 더 많은 시간과 노력이 든다는 것, 그리고 바깥에서 먹는 밥만큼 맛

있지 않다는 것이었다. 장을 보면서 이해되지 않았던 건 바로 외식비였다. 내가 구매하는 식사의 값, 그러니까 식재료 자체의 가격, 타인의 요리 능력, 요리에 들이는 시간과 노력을 합친 값이 어떻게 내가 직접 재료를 사서 요리하는 것보다 더 저렴할 수 있는지 불공평하게(?) 느껴졌다. 집밥을 해 먹겠다고 갖은 애를 쓰는 대신 배달 음식을 시켜 먹는 게 훨씬 더 편할 걸 알면서도 나는 꿋꿋하게 집밥을 해 먹었다.

매번 집밥을 챙기는 번거로움보다 건강하지 않은 음식을 먹고 나서 찾아오는 불편함이 더 커서 외식과 배달 음식, 조리되어 나온 시중 제품들을 줄이기가 오히려 쉬웠다. 그러나 그때까지 요리라고는 라면 끓이고 가끔 볶음밥 해 먹는 게 다였기 때문에 기본 칼질을 하는 것도 서툴렀다.

양파를 어떻게 잘라야 하는지 몰라 인터넷에 '양파 써는 법'을 검색해 보고 하나하나 따라했다. 처음에는 칼을 잡는 폼도 어색했다. 덤벙대다가 손을 다치기도 했고, 특히 그런 날은 '내가 왜 이 서툰 칼질을 하고 있는 거지?' 화가 났다. 텔레비전 요리 프로그램에 나오는 요리사들은 현란한 칼 솜씨를 뽐내면서 재료를 종잇장보다 얇게 써는데, 나는 내 손을 베고 있었다. 그럴 때면 요리에 대한 회의감이 밀려와 '미리 잘려 나온 재료를 사서 요리하면 되지 않을까?' 꾀를 내기도 했다.

그런 편리한 선택지가 있음에도 흔들리지 않고 시간을

더 들여 기어이 요리를 했다. 뭔가를 시작하면 기본부터 차근차근 다져야 한다는 조금은 답답한 성격 때문이기도 했지만, 요리의 첫 단계부터 해내려는 이유는, 내 몸 편하자고 시작한 요리에서 마음의 편안함을 찾았기 때문이다. 싱싱한 시금치를 찬물에 헹궈 건질 때, 단단한 호박을 갈라 가을의 단내를 맡을 때, 브로콜리의 수많은 꽃들을 매만질 때 그동안 한 번도 느껴 보지 못했던 고요가 마음에 들어앉았다. 마치 갓 쪄낸, 부드러우면서도 단단한 하얀 두부가 된 것 같았다.

좀 더 깊이 공부하기 위해 유럽에 있는 대학에 석사 지원서를 넣고 결과를 기다리는 동안 나는 참 많이 불안했다. 아무것도 정해진 게 없어서 망망대해에 홀로 떠 있는 기분이었다. 그래도 어학원 수업을 마치고 돌아와 요리 재료 앞에 서 있으면 그렇게나 마음이 편안할 수 없었다. 새로운 요리를 시도하는 날에는 합격 여부에 대한 걱정이나 미래에 대한 불안을 잠시나마 잊고 음식을 준비하는 과정에만 집중할 수 있었다. 그렇게 요리하고 나면 소용돌이쳤던 마음은 잔잔해졌고, 내 앞에는 손수 만든 맛있는 음식이 놓여 있었다.

모든 일에 매번 성공하지 않아도 괜찮다는 걸 매일 집에서 요리하며 배웠다. 처음 만든 요리가 맛있었던 적은 정말 드물었다. 요리법을 잘못 읽어서, 재료를 빼먹어서, 간이 너무 심심해서 어디 내놓기도 어려운 음식들을 먹으며 나는 실망하지 않았다. 그보다는 '다음에는 어떻게 하면 더 맛있게 만들 수 있을까?'를 고민했다. 그러면 다음번에는 틀림없이 조금은 나아졌다. 집밥은 작은 실수나 덤벙거림에도 자책하는 내게 "괜찮아, 잘 하고 있어"라고 토닥여 주는 위로 같았다.

그렇게 집밥을 하면서 몸이 건강해진 건 물론이고, 내가 어떤 음식을 잘 소화하는지, 언제 먹어야 속이 편한지 등도 알았다. 그제야 내 몸을 더 자세히, 잘 이해할 수 있게 된 것이다.

나는 아침에 일어나서도 1~2시간은 지나야 배가 고파지고 정오가 되기 전에 간단하게 과일이나 귀리로 첫 끼를 먹어야 속이 편했다. 점심에 많이 먹으면 졸음이 쏟아져서 낮에는 가볍게 먹고 저녁에 시간을 들여 맛있는 음식을 양껏 먹는 게 좋았다. 아토피에는 밀가루가 좋지 않다고 해서 무조건 밀가루는 피했는데, 밀가루를 먹으면 오히려 속은 편했다. 조미료가 많이 들어간 음식을 먹으면 거부 반응이 심했고, 적당한 향신료나 소금, 간장 등으로 기본적인 간을 한 음식을 먹으면 다음 날 몸과 마음이 가뿐했다.

매일같이 달고 살던 비염성 코 막힘과 아토피 피부염 증상이 줄어든 건 유제품을 끊고 나서다. 이후 차차 고기 먹는 횟수를 줄여 나갔다.

내 속을 알게 되니 생활이 조금씩 편해졌고, 삶의 질도 높아져 갔다. 그러면서 '몸이 건강하다'라는 말의 의미를 진실로 깨닫게 되었다. 하지만 집밥을 먹는다고 모든 불편이 깨끗이 사라진 건 아니었다. 매일의 식사와 증상을 기록하며 안 사실인데, 집밥이라도 '무엇을', '어떻게' 먹느냐가 중요했다. 그때부터 건강한 먹거리와 내게 적합한 식습관에 대해 본격적으로 파고들었다.

그 결과 음식에 대한 생각이 완전히 달라졌다. 그저 한 끼 음식이 맛있기만 하면 된다고 생각했는데, 어떻게 기른 재료로 어떤 방법으로 조리된 것인지 꼼꼼히 따지고 확인하는 사람이 되었다. 채소와 과일은 되도록 유기농 제품을 사려고 노력하고, 가공식품을 사용하지 않는 요리법을 배웠다. 그렇게 천천히 나는 건강하게 살기로 다짐했다.

비건이 되기로 한 결정적 순간

12시간이 넘는 비행에 녹초가 된 몸으로 집에 들어오자마자 내가 앉은 곳은 식탁 의자다. 식탁 위에 빈틈없이 놓인 반찬들은 그동안 집밥을 못 해 먹인 엄마의 안쓰러움으로 가득 찼다. 따끈따끈한 백미밥에 갖가지 김치, 내가 제일 좋아하는 엄마표 감자볶음, 각종 나물 사이를 비집고 식탁 가운데를 차지한 건 바로 불고기. 일부러 국물을 자작하게 했다며 밥 비벼 먹으라는 엄마에게 나는 차마 "엄마, 나 고기 안 먹잖아"라고 말할 수 없었다. 불고기 대신 나물 반찬에 밥을 먹으며 마음이 불편했다. 그간 채식하며 단 한 번도 내면의 갈등은 없었는데. 고기라는 이름으로 내 앞에 놓인 엄마의 사랑을 외면하는 내가 자랑스럽기보다 못마땅했다.

날이 맑은 오후, 열심히 올라 다다른 관악산 정상에서 아빠는 내게 저녁으로 뭘 먹고 싶은지 물어보셨다. 나는 "갓 만든 따끈한 생두부가 먹고 싶어"라고 얘기했지만, 1년 만에 온 가족이 모여 식사하는 자리에서 두부는 만족스러운 메뉴가 아니었다. 고기가 빠지면 동생이 섭섭할 테고, 나는 오랜만에 함께 먹는 저녁 식사에서 뾰로통한 동생의 얼굴을 마주

하고 싶지 않았다. 결국 저녁 메뉴는 샤부샤부로 정해졌다. 채소가 잔뜩 쌓인 접시와 얇게 썰어 동그랗게 말린 소고기 접시를 사이에 두고 나는 채식을 한다는 게 얼마나 현실과 동떨어진 일인지 깨달았다. 내 의지와 가족의 사랑 사이에서 나를 위한 선택을 하는 게 얼마나 어려운 일인지도.

물론 한국에 돌아와서 채식을 아예 못 한 건 아니었다. 내 식단을 배려해 준 고마운 친구들 덕에 비건 전문 식당에서 만찬을 먹기도 하고, 유럽에서는 구하기 힘든 밤고구마를 두유와 함께 먹으며 행복했다. 그다지 어렵지 않겠다고 생각했는데, 잠시 귀국해 있는 동안 매 끼니 채식하기가 그야말로 일이었다. 독일에 있는 내 집, 내 주방에서는 철저한 내 의지와 통제 아래 재료를 고르고 요리 방법을 택할 수 있었다. 그런데 모든 자율권이 귀국하고 2주 동안 일시 중지되었다. 남 눈치 살피지 않고 내 방식대로 먹을 수 없다는 점이 나를 힘들게 했다. 고작 몇 년간 나가 있었을 뿐인데, 한국에 두고 간 '나'와 새로운 곳에 정착한 '나'는 너무도 달랐다. 하긴, 고기가 너무 좋아 어릴 적 꿈이 해장국집 사장이 되겠다던 아이가 채식 요리법을 나누는 사람이 되었으니 가족이나 지인들에게는 당연히 생소할 수도 있겠지.

고기는 이제 완전한 '남의 살'이 되었다. 내 살이나 남의 살이나 다를 게 없다는 생각에 그 살들을 더 이상 먹고 싶지 않아졌다. 하지만 그 전까지는 평생 고기를 먹어 왔고, 원칙주의에 입각한 믿음을 회의적으로 바라보던 내게 채식은 기호의 문제였지 단답형의 결정이 아니었다. 완전 채식을 하기 전, 그래서 내 식사법은 사지선다형이었다.

1. 당당하게 고기를 먹지 않는다.
2. 같이 식사하는 사람들에게 굳이 '채식하고 있다'고 말하지 않는다. 단, 남들이 알아채지 못하도록 조심스럽게 고기를 먹지 않는다.
3. 같이 식사하는 모든 이에게 채식한다는 사실을 말하되 '부디 나를 신경 쓰지 말아 달라'고 부탁하고 고기를 먹지 않는다.
4. 상황을 봐 가며 때에 따라 1~3번 중 결정한다.

그때껏 대부분의 식사는 2번과 3번 사이에 놓여 있었다. 4번을 선택한 적은 거의 없었는데 한국에 머무르는 동안 4번에 여러 번 체크해야 했다. 예외적인 경우를 제외하고는 고기가 들어간 탕에서 채소만 슬쩍 건져 먹거나, 채소 반찬만 먹으며 주변 사람들에게 염려를 끼치지 않도록 살얼음 위를 걷듯이 식사를 했다.

채식을 고집하기가 왜 그토록 어려운 걸까. 왜 남의 살이 식탁 위에 오르는 게 식사의 즐거움과 사랑의 척도가 되어야 하는 걸까. 답은 의외로 간단했다. 나를 사랑하는 사람들은 내가 건강하기를 바라고, 내가 고기를 먹어야 건강할 수 있다고 생각했다. 기력이 없을 땐 소고기를, 목이 칼칼할 땐 돼지고기를 먹어야 건강할 수 있다는 믿음. 그게 이유였다. 엄마는 겨울철 건조한 피부에 좋다며 해산물 파티를 열어 줬고, 오랜만에 보는 나를 위해 엄마 친구분이 마련한 식사 자리에서도 역시 고기가 빠지지 않았다. "멀리서 지내는데 잘 먹고 힘내야지"라며 생각해 주시는 마음이 김이 모락모락 나는 돼지고기 김치찜 위에 아른거렸다.

그런데 나는 고기를 줄이고 더 건강해졌다. 생각이 또렷해지고, 몸이 가벼워지고, 잠을 더 잘 잤다. 피로한 날이 줄었고, 큰 병치레나 약을 먹는 일 없이 체력은 더 강해졌다. 다만, 몸소 겪은 그런 경험들을 식탁에서 늘어놓을 수 없었다. 식사 시간은 내 몸을 보충하고 에너지를 충전하는 자리였다. 그런 자리에서 내 얘기로 괜히 상대의 감정을 상하게 하고 싶지 않았다. 더욱이 사랑이 곳곳에 피어나는 단란한 식탁 위에서 그럴 수는 없었다.

나는 독일에 돌아와 헤르만 헤세의 『싯다르타』를 다시 폈다. 주인공 싯다르타가 고기를 다시 먹기 시작했던 장면을 읽었다. 그리고 마음먹었다. 사지선다형 항목의 수를 더 줄여 앞으로는 '식사 고사'의 난이도를 대폭 낮추기로.

덜컥 결정은 내렸지만, 그 결정에 대한 의심을 거듭했다. 긴 휴가가 끝나고 회사 동료들과 함께한 점심 식사 자리에서 나는 완전 채식, 그러니까 비건식을 해 볼 것이라고 얘기했다. 어젯밤까지는 마음을 굳혔다고 생각했지만, 또 자신이 없어져 입을 떼기가 조심스러웠다. 물론 동료들은 내가 이미 채식 지향 식사를 한다는 걸 알고 있었지만, 좀 더 확고해진 내 심경의 변화를 궁금해했다.

"유리, 너 비건이 되기로 아예 결심한 거야? 아니, 도대체 왜?"

"음… 그러니까 이유가 뭐냐면…."

어렵게 뗀 첫마디는 잠시 방향을 잃었다. 내게 집중된 시선 때문인지 혼란스러웠다. 그 사이 선명해지는 이미지 하나.

"잘 알아듣지도 못하는 독일 뉴스를 보는 중이었는데, 소를 도축하는 장면이 나오더라고. 모자이크 처리도 안 하고 말이야. 도축사가 소 머리 위에 전기 충격을 가하더니, 쓰러진 후에도 몸을 부르르 떠는 소의 몸에서 피를 뺀답시고 칼로 목 언저리를 긋더라. 도축사의 행동 그 자체도 충격적이었지만, 죽어 가는 소 눈만큼 끔찍한 이미지는 또 없을 거야. 그걸 보면서 나는 느꼈어. '아, 내 입에 소고기가 들어오려면 한 생명이 저렇게 죽어야 하는구나.' 그 장면이 머릿속에 박히고 나니까 더 이상 고기를 먹고 싶지 않아졌어."

나는 동료들에게 그저 내가 더 행복하려고 비건이 되기로 결정했다고 덧붙였다.

결정적 장면을 보고 난 후 소고기 섭취를 줄였다. 예전에는 없어서 못 먹을 정도로 사랑하던 소고기의 질감과 향, 맛 모든 것이 점점 이상하게 느껴졌기 때문이다. 그다음에는 돼지고기를 끊었다. 오랜만에 삼겹살로 가득 채운 쌈이 먹고 싶어서 열심히 고기를 구워 한 상 차렸는데, 한두 점 싸 먹다 보니 돼지고기 특유의 냄새가 역겹게 훅 끼쳤다. 무항생제 사료를 먹이고 개방 사육했다는 고기를 일반 고깃값의 배는 더 주고 사 온 것인데 말이다. 입가에 번질번질 감도는 기름과 누린내가 싫어서 결국 밥과 상추로만 쌈을 싸 먹고 고기는 버려야 했다. 접시를 긁어 고기를 쓰레기통에 떨어뜨리는 나 자신이 잔인하게 느껴졌다.

그 후로는 한 달에 한두 번쯤 닭고기를 먹는 것을 제외하고는 고기를 끊다시피 했다. 닭고기는 약속이 있어 외식을 하거나 낯선 여행지에서 뭘 먹을지 고민될 때 비교적 찾기 쉬운 메뉴였다. 그래서 꽤 오랫동안 닭고기에 의존하며 살았다. 그런데 그마저도 전날 먹고 남은 거무스름하게 핏덩이가 말라붙은 닭다리를 본 이후 끝이 났다. 생선, 달걀도 차츰 안 먹기 시작했다(건강상 유제품은 그 전부터 먹지 않았다). 그렇게 나는 비건의 길로 들어섰다.

최근 3년간 비건식을 꾸준히 하면서 몸과 마음이 달라지는 걸 깨달았다. 좀 더 자세한 얘기는 다른 글들에서 차차 풀어 볼 생각이지만, 일단은 늘 뛰자고 마음을 먹어도 달리기에 습관을 들이지 못했는데, 몸이 덜 붓고 한층 가벼워져서인지 영하 5도의 겨울 아침에도 뛰는 게 즐겁다. 피부도 맑아졌다. 마치 내 몸을 깨끗이 세탁한 듯 말끔해진 기분이다.

무엇보다 채식을 하고 내 삶에 잔잔한 행복이 깃든 느낌이다. 다른 생명체에 해를 끼치지 않는다는 사실이 나를 안도하게 했고, 그런 평온한 감정이 나를 더 온전한 사람으로 만든다는 걸 지난 몇 년간 조금씩 바꿔 온 채식 식단이 가르쳐 주었다.

내 면역 질환 연대기

내가 인생에서 첫 번째로 불편함을 느낀 기억은 소아과 진찰실에서 주사를 맞던 순간에서 시작한다.

복숭아 알레르기였다. 알레르기는 맞았지만 그게 정말 복숭아가 원인인지는 아직도 의문이다. 걷잡을 수 없는 간지러움, 자지러지는 울음소리, 진찰을 기다리던 초조한 마음, 주사에 대한 공포 등 그때의 상황과 감정은 마구 섞여 있다. 하지만 지금도 또렷하다. 그 수많은 감정을 주체할 수 없었던 네 살배기는 소아과 병원을 나오자마자 길바닥에 주저앉아 목 놓아 울었다. 그런 나를 엄마도 안쓰럽게 바라보셨다. 그때가 내 인생 최초로 불편함을 느낀 날이다.

단지 알레르기만 있을 뿐이라고 생각했는데, 자라면서 다른 질환들이 늘었다. 초등학교에 입학해 처음으로 내게 비염이 있다는 걸 알았다. 편안하게 숨 쉬기가 어려웠고, 늘 한쪽 코가 막힌 채로 생활했다. 수업 시간 교실 안에 쩌렁쩌렁 울리는 재채기 소리가 민망해서 재채기를 참으려고 기를 쓰고 노력하기도 했다. 비염으로 제일 불편할 때는 황사가 시작되는 봄이었다. 모래바람이 불어 가뜩이나 숨 쉬기 어려운데 비염은 더욱 심해졌다. 코를 풀고 또 풀어도 개운치 않았다. 6년 내내 코맹맹이 소리로 학교를 다녔고, 나만의 불편함이 점차 단체 생활 속에서 증폭되었다.

중고등학교를 다니면서는 아토피가 심해졌다. 피부의 연한 부분에 벌겋게 발진이 돋았고, 버쩍버쩍 마르기도 했다. 학창 시절 겨울이 제일 좋았던 이유는 발진을 가릴 수 있는 긴팔 동복을 입어서였다. 버스를 타고 등교하면서 다른 학교 학생들과 마주치는 매일이 나는 불편했다. 아토피 증상보다 더 힘든 건 나를 위축하게 만드는 그런 상황들이었다. 지금보다 주관이 또렷하고 원하는 게 확실했던 성격과 아토피 탓에 존재 자체가 작아지는 기분은 서로 충돌했고, 그 안에서 나는 혼란스러웠다.

특히 사춘기에 겪는 질환은 당사자에게 미치는 여파가 정말 크다. 자신만의 관점을 단단하게 세우며 독자적 세계를 만들어 나가는 시기에 불편함이 일상의 대부분을 차지하면 신체적, 정신적인 면 모두에 영향을 끼친다. 긍정적이든 부정적이든 타고난 성격도 바뀔 수 있다. 그런 복잡한 시기, 내 십대 시절은 불편한 것투성이인 기억과 불편함을 해결해 보려고 애쓴 기억으로 가득하다.

그렇지만 그때의 나는 내 몸을 충분히 이해하고 있지는 못했다. 부모님 손에 이끌려 피부과에 찾아갔고, 이미 알고 있었던 아토피라는 진단을 당연하게 수긍했고, 스테로이드 연고를 처방받았다. 아토피나 비염 같은 염증성 면역 질환은 다양한 이유로 발생한다. 유전, 환경, 개개인의 면역 체계 상태 등 원인이 여러 가지라서 피부과 진료를 통해 그 원인을 집어내기란 거의 불가능하다. 대부분의 피부과에서는 일단 급한 불을 끄기 위해 스테로이드제를 처방한다.

스테로이드 연고를 바르던 시기의 얘기를 꺼내려고 하면 지레 화부터 난다. 아토피 피부염에 스테로이드제를 바른다는 건 밑 빠진 독에 물을 붓는 수준이 아니라, 독을 아예 깨버리는 것이나 다름없기 때문이다. 하지만 당시 이 질환에 대해 무지했던 나와 부모님은 발진이 일어난 피부 위에 스테로이드제를 바르고 또 발랐다.

염증으로 간지럽고 긁어서 아픈 아토피 병변에 스테로이드 연고를 바르면 피부가 얇아지고 바짝 말라서 가뭄이 든 땅처럼 갈라진다. 그래서 살짝만 스쳐도 쉽게 상처가 난다. 또한 몸의 여러 곳에 피부염이 돋았다면 스테로이드제를 일정 기간 사용 후에는 바르지 말라는 의사의 권고를 받을 수도 있다. 내 몸은 그 연고에 특히나 취약했다. 바른 지 2주 정도가 지나면 효과가 떨어지기 시작했고, 간지러워 잠에 들지 못하는 악순환은 계속되었다.

스테로이드제가 해답이 될 수 없다는 걸 깨닫고 나서는 대체요법을 찾아다녔다. 땀을 내면 아토피가 개선될 수도 있다는 말에 엄마는 나를 좌욕부터 발효찜질 등 갖가지 치료를 하는 곳에 데리고 다니셨다. 그런 방법이 증상을 개선하는 데 실제로 도움이 되었는지는 기억이 가물가물하지만, 내 불편함을 걱정하시던 엄마의 마음만은 분명히 느낄 수 있었다.

앞에서 언급했듯, 아토피(Atopy)는 우리 몸의 면역 체계에 혼란이 와 발생하는 질환이다. 우리 면역 체계는 외부 항원이 들어왔을 때 그에 대항해 항체를 만들고 싸우는 중요한 역할을 하는데, 면역 질환은 외부의 항원을 공격하는 게 아니라 우리의 정상적인 신체 구성 요소를 공격하는 반응을 특징으로 한다. 아직 확실한 치료 방법은 없다. 면역 체계 질환이기 때문에 그저 잘 먹고 건강해져 스스로의 면역력을 기르는 것이 증상 완화를 돕는 길이다.

다 커서는 아토피가 조금씩 잦아드는 대신 손에 뭔가 나기 시작했다. 자잘한 물집이 돋았는데, 터지면 쓰라리고 아팠다. 바로 한포진(Dyshidrotic Eczema)이었다. 예부터 우리나라에서는 손에 땀이 많이 나면 나는 질병이라고 여겨 '한포진(汗疱疹)'이라고 이름 지었지만, 사실 한포진도 아토피와 같이 면역 체계 질환이다.

아토피나 한포진이 한창이던 시기, 내가 먹던 것은 면역력을 기를 만한 음식과는 거리가 멀었다. 흔히 십 대들이 그렇듯 과자 같은 군것질거리를 좋아했다. 지금은 마다하는 법 없는 딸기나 수박 등의 과일은 입에만 대도 입술 주위가 부어오르고 목이 간지러운 알레르기 반응이 와 먹을 수 없었다. 급식으로 나오는 과일들은 모조리 친구들에게 나눠 줘야 했고, 그 대신 매점에 가서 과자나 아이스크림을 더 사 먹었다.

뿐만 아니라 지금은 먹지 않는 고기도 잘 먹었다. 치킨을 시켜 먹는 날에는 누가 한 조각이라도 더 먹을지 동생과 눈치 싸움을 벌이는 게 당연한 일이었다. 내가 먹는 것이 그 모든 질환의 이유가 될 수 있다는 의심조차 없었기 때문에 그 시절 나는 먹으며 행복했다. 모르는 것이 많았던 그때의 나를 타박할 수는 없고, 그러고 싶은 생각도 없다. 내가 겪는 모든 불편함은 내 선택에서 비롯된다는 점만 상기할 뿐이다.

우리는 보통 하루 세끼, 한 달에 백 번의 식사를 하고 1년이면 천 번이 넘게 밥을 먹는다. 우리의 일상은 우리가 매일 택하는 음식들이 모여서 우리를 불편하게 혹은 편하게 만드는 것이다.

뒷면은 읽지 마세요

보이는 것을 믿는 일이 더 쉬울 것 같지만, 눈앞에 보이지 않는, 추상적인 것들을 맹신하기가 더 간편하다. 짝사랑하던 상대방에게 용기를 내 고백하고 “나도 네가 좋아”라는 응답을 받던 날, 온 세상이 다 내 것 같던 기분을 아는 사람이라면 무슨 말인지 와닿을 것이다. 내가 그랬다. 두근거리는 마음에 잠도 못 자고 온갖 상상의 나래를 펼치던 그때. 내 인생을 그에게 다 걸고도 모자랐던 그 순간에, 그의 사랑에 대한 물질적 증명 따위는 알 필요도 없는 것이었다. 그 후로는 다시 들어 볼 수도 없는 말 한마디에 몇 달 동안을 천국에서 보냈다. 결말은 참담하기 그지없었지만.

주변 사람들이 그가 거짓말을 하고 있는 것이라고 귀띔이라도 해 줬다면 알 수 있었을까. 그의 진짜 모습은 모른 채 오직 “나도 네가 좋아”라는 말만 믿고자 했던 나는, 아마 주변 사람들이 나를 붙잡고 충고했더라도 무시했을 것이다. 낭만적인 우리의 관계를 망치고 싶어 질투하는 것이라 여기면서. 그 사람의 가면 뒤 민낯을 직접 보고 나서야 또렷하게 알 수 있었다. 아, 내가 그동안 속았구나. 헛된 고백에 온 마음을 들여 시간을 낭비한 나 자신에게 진절머리가 났다. 한동안 배신감에서 벗어나기가 힘들었다.

쓰라린 교훈을 얻었기에 다시는 기만당하고 살지 않기로 했다. 그런데 나는 또 속았다. 그것도 몇 달이 아닌 거의 20년을 감쪽같이. 이번에는 피해자가 나뿐만 아니라 내 주변 모두였다. 어쩌면, 허상에 불과했던 짝사랑의 배신보다도 피해가 더 막대한 배신이었다. 감언이설에 넘어가 거의 평생에 걸쳐 내 입맛과 건강을 식품 산업에 내주었다. 아무 의심 없이 입에 넣어 왔던 것들이 나를 아프게 할 줄이야.

집 앞 텃밭에서 기른 깻잎에, 집에서 직접 담근 간장으로 양념한 깻잎장아찌의 재료를 파악하는 것은 어렵지 않다. 요리한 이에게 "이건 뭘로 만든 거예요?" 묻는다면, 그는 아마 갓 딴 싱싱한 깻잎을 눈앞에 보이거나 장독대의 항아리를 가리킬 테니까. 그렇지만 요즘 우리가 먹는 공산품 대부분은 무엇으로 만들어졌는지 이렇게 쉽게 알기 어렵다. 편의점에서 파는 삼각김밥이나 시판용 카레가루가 어떤 재료로 만들어졌는지, 어떤 과정을 거쳤는지 직접 제조 공장에서 일하지 않는 한 속속들이 알아내기 어렵다.

겉으로는 아무 문제없어 보이는 식품들이 많다. 흔히 먹는 시판용 간장이 그렇다. 메주, 물, 소금, 숯만 있으면 만드는 간장은 페트병에 들어 있을 뿐이지, 색도 맛도 항아리 속 간장과 비슷할 것 같다. 그러나 간장 병을 집어 들고 뒷면을 읽으면 생각이 달라질지도 모른다. 캐러멜 색소, 향미증진제, 설탕 등 우리가 얼핏 짐작할 수 있는 재료 말고도 다른 많은 것들이 적혀 있으니까 말이다. 우리는 늘 먹는 간장을 정말 잘 알고 먹는다고 할 수 있을까?

그렇다고 시판 제품을 아예 쓰지 않고 요리할 수는 없다. '종갓집 며느리'도 아닌 내가 매일 항아리를 닦고 메주를 쒀 장을 담가 먹기란 불가능한 일이다. 대신 나는 제품을 사기 전에 뒷면을 읽는다. 짝사랑의 진실된 속내를 파악하려고 달콤한 말을 의심하는 것과 비슷하달까. 너무 간단하고, 편리해 보이는 것들은 한 번 더 따져 묻는다. 그 첫 시작이 원재료 및 성분 표시를 찾아 살피는 것이다.

이 제품을 믿고 사느냐, 사지 않느냐의 결정은 오롯이 제품 뒷면의 성분 정보에 달려 있다. 여기서 가장 중요한 질문은 '이 성분이 우리 집 주방에 있는가?'다. '프로필렌글리콜(Propylene Glycol. 공산품 빵, 케이크 믹스 등에 반죽 강화, 수분 보존 등의 용도로 사용된다. 수용액은 자동차 부동액으로도 사용된다)', '에리토브산나트륨(Sodium Erythorbate. 식품의 산화 방지 용도로 사용된다)' 같은 식품첨가제를 주방 선반에 갖춰 두고 요리할 때 사용하는 집이 과연 있을까. 내가 성분을 알고서 요리에 넣어 먹는 것이 아니라면 그 제품은 가차 없이 진열대 위에 다시 올려놓는다. 모르는 사람이 주는 음식을 함부로 먹지 않는 것처럼 모르는 화학물질을 입에 넣는 건 위험하니까.

다음으로 중요한 질문은 '주재료의 맛을 내기 위해 다른 첨가제를 넣었나?'다. 양파 맛을 내려면 양파를 넣으면 되는데 식품 제조 업체들은 수지를 맞추려고 '양파 향' 분말을 더 한다. 더 곤란한 경우는 세세한 재료를 전혀 알 수 없을 때다. '야채농축분말'이라든가 '혼합과일소스'라는 재료명을 읽으면 도대체 원래 재료가 어떤 것들일지 궁금해진다. '혹시 상했을지도 모를 채소나 과일을 쓴 건 아닐까?'까지 생각이 뻗치면 그 제품은 절대로 입에 대고 싶지 않다.

직접 본 적 없는 재료로 만든 제품을 믿고, 사고, 먹는 우리 소비자들은 죄가 없다. 신기루 같던 짝사랑과의 이별은 정신적인 아픔만을 남겼지만, 식품 회사들의 농간질과 탐욕은 우리의 건강을 해친다. '엄마의 사랑'을 과자에 담아냈다는 멘트라든가 후루룩 면 넘기는 소리같이 감정과 감각에 호소하는 광고로 우리를 유혹하는 것도 그렇다. 종일 일하고 돌아와 지치고 출출한 밤, 그런 광고를 보고도 침 한 번 꼴깍 넘기지 않을 사람이 얼마나 될까. 우리는 우리의 심리를 정확히 겨냥한 상술에 속절없이 낚이고야 만다.

'세세히 따지고 들면 먹을 게 없다', '그런 것까지 신경 쓰면 머리 아프다'고 생각한다면 제품 뒷면은 읽으면 안 된다. 차라리 몰랐다면 삶이 얼마나 편했을까 가끔 생각한다. 아무

것도 모르고 사랑에 빠졌던 것처럼, 맛이 좋아서 마음껏 먹고 즐길 수 있었다면. 진실을 알게 된 이상 그 전으로는 돌아갈 수 없기에 이따금 내가 짝사랑을 떠올릴 때처럼 조금 아쉽기도 하다. 그렇지만 장 볼 때마다 제품 뒷면을 읽어야만 하는 까탈스러운 사람이 된 걸 후회하지 않는다. 아는 것이 힘이라고, 내게 식품 산업과 싸울 만한 무기가 생겼기 때문이다.

제품의 뒷면을 읽고 사는 일은 소비자로서 우리가 가진 유일한 창칼이다. 우리의 건강을 제일의 가치로 둔 소비를 해야 더디게나마 식품 산업의 상업적 기준을 바꿀 수 있기 때문이다. 오늘도 나는 슈퍼마켓 한편에 서서 성분 표시를 꼼꼼하게 읽는다.

누군가는 값을 치른다

외할머니 댁은 지리산 서쪽 끝자락에 있었다. 집 바로 앞에는 밭뙈기가 있고 포장도로를 건너 조금만 걸어 올라가면 개울이 흘렀다. 작은 물줄기에 많은 것들이 살았다. 개울물 아래 돌덩어리를 들어 젖히면 숨어 있던 생명들이 우르르 쏟아져 나왔다. 송사리를 잡아다가 컵에 넣고서 한참을 들여다보기도 하고 괜히 손발로 개울물을 휘감아치기도 했다. 사촌 오빠들과 함께 고둥도 따고 물장난을 치며 놀다 보면 어느새 점심 먹을 시간이었다.

외할머니는 아궁이 앞에서 불을 지피거나 마당 수돗가에서 푸성귀 따위를 씻고 계셨다. 외할머니가 분주히 준비한 점심밥을 먹자마자 나는 다시 산으로 밭으로 뛰어나가 놀았다. 한참을 쏘다니다 보면 벌써 해 질 무렵이었다. 집으로 향하는 길목에 접어들 때쯤 "외할머니!" 하고 큰 소리로 불렀는데, 그 즈음이면 외할머니는 저녁상을 준비하고 계셨다. "오이!" 하고 정겨운 대답이 들려오면 내 발걸음은 더 빨라졌다. 그렇게 집에 돌아올 때마다 한낮에는 점심이, 해 지고 나서는 저녁이 한 상 준비되어 있었다. 주방에서, 밭에서 보내는 외할머니의 시간이 온 가족의 배를 채우고 나를 자라게 한 값이라는 걸 외할머니가 돌아가신 후 한참 지나서야 알았다.

나는 매년 긴 연말휴가를 바르셀로나에 있는 시댁에서 보내고 있다. 이때만큼은 시엄마 세실리아를 도와 식사를 준비한다. 시댁에 머무는 한 달 동안 네 식구가 먹을 세끼를 짓기 위해 집에 있는 재료를 확인하고, 장을 보고, 채소를 씻고, 다듬고, 요리하면 휴가가 후다닥 지나간다. 한 해를 무탈하게 보냈음을 자축하려고 (혹은 그저 시엄마와 내가 디저트가 먹고 싶어서) 케이크를 굽는 날에는 시간이 더 빨리 간다. 네 명 배부르게 할 밥만 하는데도 하루가 부족하다.

사실 요즘에는 이렇게 요리하는 데 시간을 많이 들일 필요가 없다. 돈만 있으면 쉽게 배를 채울 수 있다. 입에 넣을 음식들이 차고 넘쳐서 카드 한 장이면 당장에 끼니를 해결할 수 있다. 뜨거운 물만 부으면 완성되는 컵라면과 즉석밥, 플라스틱 팩에 소포장된 김치를 사다가 먹으면 그만이다. 그런데 그 음식들이 우리 앞에 오기까지 드는 값은 누가 치르는 걸까? 내 계좌에서 빠져나간 네 자리 숫자가 온전한 값어치일까? 외할머니가 들인 시간, 사랑, 노력, 그 모든 것을 고작 몇천 원의 돈으로 때울 수 있는 걸까?

미국에서 교환학생 생활을 시작하면서 내가 직접 끼니

를 챙겨야 했다. '집밥'이라기에는 뭣한데, 낯선 땅에서 살아남기 위해, 그것도 정해진 예산과 최소한의 시간을 들여 살아남기 위해서 해야만 하는 것이었다. 그래서 주로 캔에 담긴 음식이나 반조리 음식을 자주 사 먹었다. 점심 식사도 전날 미리 플라스틱 통에 담아 준비했다. 공부하는 시간을 쪼개 도시락을 싸는 내가 누구보다 열심히 사는 것 같아 스스로가 기특하다고 생각했다.

그런데 이상하게도 내가 건강하다고는 느껴지지 않았다. 얼굴에 자꾸 뭔가 나는 게 이상 징조 중 하나였다. 여드름도 아닌 것이 크고 빨갛게 얼굴 여기저기에 자주 났고, 누르면 아프기도 했다. 또 일정하던 생리 주기가 바뀌었다. 나는 집을 떠나와 외할머니가 해 주시던 맛있는 한식을 못 먹어서 그런 것이라고 생각했다. 내가 늘 먹던 음식이 아닌, 남의 나라 음식을 먹으니 좋을 리가 없다고 말이다. 물론 밤낮이 뒤바뀐 생활이나 불규칙한 수면 습관도 건강을 해치는 원인이었을 것이다.

캔 음식과 플라스틱이 건강을 해치고 있을 것이라고는 꿈에도 생각하지 못했다. 나는 바지런히 싸 둔 도시락을 전자레인지에 뜨뜻하게 돌려 점심을 먹었고, 저녁에는 캔 음식을 따서 조리했다. 돌이켜 보면, '어쩜, 그렇게 몰랐을까?' 부끄럽다. 그때의 나에게 미안한 생각마저 든다. 당시에는 환경호르몬이 우리 생활 곳곳에 침투해 있다는 걸 전혀 몰랐다.

알았다고 해도 이런 사실을 무시하려 했을 것이다. 교환학생의 처지로 외국 생활에 적응하는 것 자체가 어려웠던 때였으니까.

환경 호르몬 비스페놀 에이(Bisphenol A, BPA)에 대해 알게 된 건 미국에서 돌아온 후였다. 환경 호르몬 전반에 대해서도 처음 알게 되었다. 환경 호르몬은 우리 몸에서 정상적으로 호르몬이 만들어지거나 작용하는 과정을 교란시키는 유해한 환경 물질을 말한다. 특히 BPA는 우리 몸에서 여성 호르몬처럼 기능하며 우리 몸의 자연적 호르몬 주기를 엉망으로 만들기도 한다. 때문에 주로 성조숙증을 일으키는 요인이 이 BPA 때문이라는 연구 결과가 있다.• 캔 음식을 하루에 1개 이상 먹는 사람의 소변에서 그러지 않은 사람보다 24%나 많은 BPA가 검출되었다고 하는 기사도 있다.•• 환경 호르몬과 캔 음식의 확실한 연관관계를 증명하는 셈이다.

캔 음식이나 컵라면에서 환경 호르몬이 많이 검출되는 이유는 BPA의 특성 때문이다. BPA는 주로 기름이나 산성에 잘 녹아져 나오고 높은 온도에서 더 잘 녹아 섞인다. 따라서 기름이 들어 있는 참치 캔이나 뜨거운 물을 부어 먹는 컵라면에서 많이 나올 수밖에 없다. 또 내가 자주 먹던 토마토 캔도 토마토의 산성 때문에 BPA가 많았을 것이다. 요리하기 간편해서, 요리할 때 많은 시간을 들이지 않아도 되어서 손쉽게 먹는 캔 음식과 가공식품의 값은 우리 몸이 치른다.

세상을 살며 쉬운 일은 없다. 그러나 내 입에 뭔가가 쉽게 들어오면 누군가는 (그게 우리 자신일지라도) 결국 대가를 치르는 것이다.

그렇다고 논밭을 일궈 밥을 해 먹자고 외칠 수는 없는 노릇이다. 간편히 먹기 좋은 음식의 대량 생산은 내가 이 글을 쓰고, 당신이 이 글을 읽을 시간을 마련해 준다. 간편함에 기대 먹는 것에 소비하는 시간을 줄이는 대신 다른 일에 집중하는 것이 옳은지 아니면 애정과 시간을 기울여 먹을 것에 공을 더 들이는 게 옳은지 정답은 없다. 시간은 모두에게 유한하고, 우리 각자에게 중요한 것이 다 다르니 말이다.

그럼에도 내가 분명히 말할 수 있는 건, 사랑이 빠진 음식은 더 오래 간다는 사실이다. 외할머니의 정성이 대량 생산, 간편 조리, 그리고 개별 포장으로 대체된 요즘, 슈퍼마켓 선반에는 몇 년이 지나도 상하지 않을 먹을 것들이 가득하다.

자연 재해가 올 것을 대비해 자신의 집에 지하 벙커를 만든 어느 미국인의 텔레비전 인터뷰를 본 적이 있다. 남자는 거기에 캔 음식이나 뜨거운 물만 있으면 바로 먹을 수 있는 제품들을 잔뜩 쌓아 두고 득의만만한 표정이었다. 기자가 물었다. "이 음식들로 당신 가족이 얼마나 오래 여기서 살 수 있는 거죠?" 그가 대답했다. "여기 저장해 둔 식량으로 최소 1년은 우리 네 가족 모두가 거뜬히 견딜 수 있습니다." 남자의 얼굴은 스스로가 대견하다는 듯 볼이 쑥 올라가 우쭐해 보였다. 그런데 나는 그 얼굴을 보고 있자니 슬퍼졌다. 사랑이 담겨 있지 않은, 오직 생명을 부지할 목적의 음식으로 삶을 연장하느니, 차라리 자연에 순응해 죽는 게 낫겠다고 생각했다.

이런 얘기를 외할머니께 들려 드린다면 외할머니도 슬퍼하셨을까. 그래도 살아남아야 한다고, 뭘 먹든 이승이 나은 법이라고 그러셨을까. 아궁이를 지피던 장작 냄새를 맡으며 솥단지 가득 갓 지은 밥을 먹고 자란 나는 외할머니가, 그리고 외할머니가 차려 주시던 밥상이 오늘따라 그립다.

우리가 농약을 먹고 있다고?

2018년부터 전라북도 고창군과 충청남도 서산시 등 여러 자치단체에서 주민들의 농약을 한곳에 모아 보관하는 '농약 안전 보관함' 정책을 실시하고 있다는 기사를 보았다. 농촌 지역 어르신들의 충동적인 음독 사고 예방을 위해 시작한 정책이라는 소개를 읽으며 '참 잘 만든 정책이네'라는 생각과 함께 왜 그토록 많은 어르신들이 극단적 선택에 농약을 쓰실까 싶기도 했다. 스스로 생을 마무리하려는 수단으로 당신들의 생계를 돕는 농약을 택하신다니. 농사짓는 분들이 농약을 어떻게 생각하는지 확연히 보여 주는 것 같아 가슴이 아팠다. 그리고 농부들이 자신의 목숨을 앗아 가게 해 줄 것이라 확신하는 농약을, 우리는 매일 식재료를 통해 소량씩 먹고 있다는 사실에 새삼 소름 끼쳤다.

건강에 관심을 기울이다가 농약이 우리 몸과 환경에 끼칠 수 있는 영향을 알게 된 뒤로 가능한 한 유기농 마크가 있는 제품을 구입하기 시작했다. 걸어서 15분 거리에 있는 한살림까지 일부러 가서 장을 봐 오고는, 점점 늘어나는 식료품비에 아연해하면서도 집 앞 슈퍼마켓에서 파는 피망이나 딸기는 사고 싶지 않았다. 농약의 위험성을 알고 난 후 모든 비유기농 제품은 독약이라고 느껴졌기 때문이다. 나는 이 농'약'이라고 불리는 물질이 더욱 궁금해졌다.

우리가 쉽게 한 단어로 이름 지어서 그렇지, 우리나라에서만 사용되고 있는 농약의 종류는 2천여 가지에 달한다. 그 용도는 균, 곤충, 바이러스, 잡초, 곰팡이 등의 예방 또는 살생 등 다양하다. 이렇게 여러 생물을 죽이는 강력한 화학물질인 농약은 당연히 적은 양이라도 우리 몸에 좋을 리가 없다. 그렇다면 정부는 왜 농약 사용을 금지하지 않고 대신 안전사용기준을 정해 둔 걸까? 그 이유는 뭘까?

농약을 사용하지 않고는 우리가 먹고사는 식재료를 대량으로 기를 수 없기 때문이다. 제초제나 살충제 없이 과일과 채소를 재배한다면 수많은 병해충에 타격을 입는 것이 당연할 테고, 우리가 즐겨 먹는 사과나 감자 등을 쉽게 먹지 못하게 될 것이다. 그리고 농업 인구가 급격하게 줄어든 요즘, 농부의 일손을 90배 이상 감소시켜 준 농약은 현대 농사법에 꼭 필요하다. 이런 점들 때문에 농약의 위험성을 모르는 사람들이 없더라도 농약을 안 쓸 수 없는 것이다.

유기합성농약(화학물질로 된 농약)을 사용하는 일반적인 농법 대신 친환경 재배 농법으로 농사를 짓는 분들도 있다. 그런데 많은 사람들이 간과하는 사실은, 농약이나 합성비료를 사용하지 않는 유기농법을 포함해 친환경 재배로 기른 작물이라 하더라도 종종 잔류 농약이 검출되기도 한다는 점이다. 예를 들어 농사를 지을 때 농약을 전혀 사용하지 않았어도 인근 지역에서 항공으로 농약을 살포하면서 농약 입자가 흩날려 오거나 혹은 한 농지에서 여러 작물을 재배하는 과정에서 이전에 재배한 작물에 사용한 농약이 농지에 축적되어 새로 심은 친환경 작물에도 농약이 잔류할 가능성이 있다.

유기합성농약이 끼치는 폐해의 범위가 이렇게나 넓기에 요즘에는 천연물농약(황이나 독초, 식물이 자연적으로 생산하는 방어 물질을 추출해 만든 농약)이 대안으로 떠오르기도 한다. 그렇지만 독버섯은 물론 생감자 싹눈의 솔라닌, 생아몬드와 생캐슈너트에 든 초극소량의 독극물 등 식물 자체에서 생성하는 방어 물질이 있다. 자연적이라고 해서 무조건 몸에 해로운 물질이 없는 것이 아니라는 의미다. 게다가 일부 농학자들에 의하면 이런 천연물농약은 일반 유기합성농약처럼 다단계의 실험을 거치지 않고, 정확한 제한량 없이 쓰여서 오히려 우리에게 더 해로울 수 있다는 견해도 있다.

이런 점에도 불구하고 친환경 재배 작물을 사 먹는 것이 돈 버리는 일은 아니다. 친환경 재배가 일반적 농법에 비해 상대적으로 우리 몸에 덜 해로운 것은 맞다. 감자, 고추, 생강, 오이, 양파 등을 재배할 때 살균제로 사용하는 클로로탈로닐

(Chlorothalonil)은 피부와 눈에 심각한 발진과 알레르기 반응을 일으킬 수 있다. 딸기, 수박, 감귤, 호박 등을 재배할 때 사용하는 코퍼설페이트베이식(Copper Sulfate Basic) 수화제(물에 녹여서 사용하는 가루 제형의 농약)는 호흡기 수축과 구토, 메슥거림, 복통을 일으킬 수 있다. 이외에도 다양한 종류의 농약과 그에 따른 부작용이 수없이 많아 다 열거할 수도 없을 정도다.

2012년 미국 소아과 의사들의 보고서에 따르면 어린아이들이 과다한 농약에 노출되었을 때 발달장애나 인지장애, 심지어는 소아암까지도 발생할 수 있다고 한다.• 이러한 연구 결과는 우리가 매일 먹고 즐기는 식재료를 키우는 데 쓰이는 농약이 안전 기준치를 넘으면 정말 '독약'이 될 수도 있음을 보여 준다.

얼마 전에도 경악할 만한 연구 결과를 접했다. 바로 농약이 우리의 생식력에 미치는 악영향에 관한 최근 연구다. 2018년 1월 발행된 이 연구에 따르면 식품에 잔류하는 농약을 2배 더 섭취한 여성의 임신 가능성이 농약을 거의 섭취하지 않은 그룹보다 18% 더 낮았고, 정상 출산을 할 수 있는 가능성은 26%나 더 낮았다.••

값을 몇 배 더 주고서 유기농 제품을 사 먹는 이유가 오로지 내 건강 때문만은 아니다. 유기농법은 토양이나 수질 오염을 막아 생태계의 다양한 생물들이 공생할 수 있는 환경을 만드는 데 도움이 된다. 나아가 지속 가능한 농사 환경을 조성한다. 그래서 나는 유기농 제품이 순전히 마케팅에 불과하다며 비웃는 사람들의 반론에도 꿋꿋하게 유기농 제품을 구매한다. 이런 내 선택이 한 소비자로서 거대 공급자들에게 보내는 선고와도 같다는 생각으로 항상 장을 본다. '좀 더 많은 돈을 지불해서라도 건강한 식재료를 먹고 싶다', '내 지갑을 털어서라도 환경 보호에 참여하고 싶다'는 목소리를 식품 업체들과 농부들에게 전하는 것이다.

그러나 모든 식재료를 전부 유기농 제품으로 충당하기란 현실적으로 어려운 일이라서 비유기농 식재료와 유기농 식재료를 적절히 섞어 구매한다. 어떤 식재료를 유기농 혹은 비유기농 제품으로 살 것인지는 미국 Environmental Working Group(EWG)이 매년 발행하는 기사에 기재된 목록을 참고해 나름대로 정했다.

EWG는 환경 관련 사설 비영리 단체로 화장품, 세척 용품에 들어가는 성분의 유해 가능성부터 음용하는 수돗물, 채소나 과일에 잔류한 농약 등 화학물질의 안전성에 대한 보고서를 발행하고 소비자들에게 알리는 일을 주로 한다. 미국 농무부와 식품의약국에서 시행한 연구자료를 바탕으로 보고서를 발행하는데, 그 정보를 판단하는 기준치를 자라나는 아이들에게도 안전할 정도인 수준에 맞춘다.

나라마다 농약에 대한 기준이나 검출 결과가 다를 수 있지만, 일반적으로 널리 쓰이는 식재료면서 농약이 전 세계적으로 비슷하게 사용되는 점을 고려해 농약 잔류량에 따라 식재료를 정리했다. 건강에 관심 있는 모든 분들께 조금이나마 도움이 되었으면 한다.

농약 잔류량이 많은 식재료

사과, 블루베리, 포도, 줄기콩, 푸른 잎채소, 배, 복숭아, 감자, 자두, 시금치, 딸기, 건포도, 피망, 토마토, 호박류

농약 잔류량이 적거나 적정한 수준인 식재료

사과주스, 아보카도, 바나나, 콩류, 브로콜리, 양배추, 캔털루프(멜론과 과일), 당근, 콜리플라워, 셀러리, 옥수수, 가지, 자몽, 렌틸콩, 양배추, 양파, 오렌지, 오렌지주스, 콩, 프룬, 애호박, 고구마, 두부, 토마토소스

라면 안 먹는 한국인의 고백

방문을 열었을 때 매캐한 냄새가 코를 찔렀다. 나는 인상을 잔뜩 찡그리고 공동 부엌으로 향했다. 네덜란드에서 석사 과정 시절, 같은 집을 함께 사용하던 한국인 룸메이트가 막 끓인 라면과 김치 통을 들고 방으로 들어가려던 참이었다. 나는 살짝 눈인사를 했다. 그녀는 입맛을 다시며 미소가 가득한 얼굴로 방으로 향했다. 주방 싱크대에 남은 건 라면 봉지뿐이었다. 나는 그 봉지를 집어 들었다.

이 지독한 냄새가 도대체 어디서 나오는 것인지 궁금해졌다. 바스락거리는 봉지를 뒤집어 원재료와 원산지가 나열된 목록을 읽기 시작했다. 폐 속에 깊숙이 스미는 냄새를 맡으며 구겨진 내 얼굴이 더욱 일그러졌다. 이런 걸 내가 그렇게나 맛있게 먹었다고?

처음 놀란 까닭은 '재료'의 가짓수 때문이었다. 오십여 가지가 넘는 성분이 라면 한 봉지에 들어 있었다. 달랑 면과 수프만 든 이 봉지에, 사실은 얼마나 많은 것들이 들어 있는지 단숨에 다 읽을 수도 없었다. 면을 만드는 데만 열 가지가 넘는 성분이 필요하다니. 겨우 두 줄을 읽고 다음에는 수프

재료를 읽기 시작했다.

그다음 나를 혼란스럽게 한 건 수많은 '맛', '향', 혹은 '풍미' 분말이었다. 녹차면 녹차지 녹차 '풍미'유는 뭘까. 햄이면 햄이지 (그렇다고 햄이 가공식품이 아닌 것도 아닌데) 햄 '맛' 진액과 햄 '맛' 분말은 도대체 뭘까. 돈육 '풍미' 분말, 베이컨 '향' 분말, 김치찌개 '풍미' 분말, 마늘 '맛' 오일 등이 과연 음식에 들어가도 되는 걸까 의문이 들었다. 그 밖에도 맛 베이스, 향미 증진제, 혼합양념 분말 등 끝이 없었다.

더 황당한 건 첨가물의 이름이었다. '미감에스유'는 뭔지 감도 오지 않았다. 왼손에 들고 있던 핸드폰으로 검색을 해 보았다. 그 성분에 대한 어떤 정보도 얻을 수 없었다. 원어명 표기도 되어 있지 않아 난감했다. 그건 그렇다 쳐도 '지미 맛 분말', '디엘-사과산', '호박산이 나트륨', '홍국색소'까지 알 수 없는 재료투성이였다. '몸에 좋지 않다', '자주 먹지 마라' 소리만 종종 들었지, 라면에 대체 뭐가 들었는지는 누구도 제대로 말해 주지 않았다. 나는 새삼 라면을 먹지 않게 된 식습관을 다행으로 여기면서도 라면이 사랑받는 국민 음식이라는 사실에 안타깝고 슬펐다.

라면의 성분을 처음 읽었던 그날부터 벌써 6년이 지났고, 그 사이 단 한 번도 라면을 먹은 적 없다. 나는 라면을 안 먹는 한국인이다. 그리고 정확하지는 않지만, 내가 라면을 서서히 먹지 않은 지는 거의 10년이 되어 간다.

정확히 그 날짜를 모르고 대강 예측만 하는 이유는 날을 잡고 굳은 결심으로 라면을 끊은 게 아니기 때문이다. 온갖 면역 질환에 시달렸던 나는 건강을 되찾으려 노력해 왔고, 라면을 끊은 건 그런 노력의 과정 중 하나였다. 때문에 자주 먹던 것을 가끔 먹는 정도로, 가끔 먹던 것을 거의 먹지 않는 정도로 천천히 줄였다. 그리고 어느 날부터인가 라면을 완전히 먹지 않게 된 것이다.

라면을 먹지 않는다고 하면 대부분의 사람들은 눈을 크게 뜨고 "아예 안 먹는다고? 어쩜 한국인이 되어서 라면을 안 먹고 살 수 있어?"라거나 "대단하다, 그 맛있는 걸 무슨 수로 참니?"라고 말한다. 여기에 대답하기 위해서는 어렵게 입을 떼 고백해야만 한다. 나는 라면이 음식이라고 생각하지 않는다. 내게 라면은 입에 넣을 수 있는 화학제품이지 음식이 아니다. 오랫동안 라면 없이 못 살았던 내가 이렇게 생각하기까지는 시간이 걸렸다. 나는 누구에게도 이건 먹어라, 저건 먹지 마라 식단을 강요하고 싶은 생각은 없다. 하지만 당신이 라면을 사랑하고 자주 먹는 사람이라면 라면에 대해 진지하게 한 번 생각해 주기를 바랄 뿐이다.

한국인의 '애정품' 라면은 유럽에서 여러 차례 판매를 중지당하거나 구설수에 오른 적이 있다. 국내의 한 라면 업체는 2003년 방사선에 노출된 재료를 표기하지 않아서 스위스에서 판매 중지를 당했다. 2005년 영국에서도 방사선 노출 재료 미표기 문제로 식품 경보를 받아 논란에 휩싸였다. 이런 논란은 차치하고, 인스턴트 라면을 비롯한 다양한 가공식품에 첨가되는 '터셔리부틸히드로퀴논(Tert-Butylhydroquinone, TBHQ)'은 인체에 유해하다는 이유로 자주 거론되는 성분이다. TBHQ는 석유 가공의 부산물로 가공식품의 색이나 향, 맛을 보존하기 위해 사용된다. 특히 이 화학물질은 발암물질 중에서도 위암을 잘 일으키고 우리의 DNA도 손상시킨다.• 더욱이 라면에 들어 있는 각종 화학 보존제와 첨가제는 운동의 여부나 나이에 상관없이 대사증후군을 일으키며, 고지혈증이나 고혈압, 당뇨, 심장 질환, 뇌졸중을 유발할 수 있다.••

이 모든 사실을 뒤로한 채 라면을 즐기고 싶다면 어쩔 수 없다. 몇몇 사람들은 '정신 건강' 지키는 데 라면만 한 게 없다며 가끔 라면을 먹어 주는 것은 나쁠 일이 아니라고 말한다. 하지만 나는 라면이 그립지 않다. 그 맛이 좋다고 생각하지도 않는다. 화학조미료(대표적으로 우리에게 'MSG'로 알려진 L-글루탐산 나트륨)로 무장된 이 화학물질 덩어리의 냄새를 오랜만에 맡았던 나는 무서웠다. 그 끔찍한 냄새를 맛있다고 생각했다니 대체 얼마나 MSG에 길들어 있었던 걸까. 집에서 만드는 된장과 간장에도 MSG가 들어 있다고는 하지만, 그것이 인공적으로 만들어져 식품에 첨가될 때 우리 몸에 괜찮을지는 확신할 수 없다. 무엇보다 그 중독적인 맛이 나는 두렵다. 라면을 즐겼던 시절에는 라면 냄새만 맡아도 미칠 것처럼 먹고 싶었다. 마치 종소리만 들어도 침 흘리며 반응하는 파블로프의 개처럼 말이다.

우리는 라면 맛 뒤에 숨어 있는 진실을 모른다. 혹은 알고 싶어 하지 않는지도 모른다. '한국인의 사랑' 라면이 국민의 건강에 어떤 위협을 끼치는지 더 많은 연구가 이루어졌으면 좋겠다. 그리고 라면 제조 회사에서도 제품의 재료와 성분을 알기 쉽게 공유해 줬으면 하는 마음이다.

나는 앞으로도 라면을 먹고 싶은 생각은 전혀 들지 않을 것이다. 하지만 나 혼자만이 아니라 모두의 건강을 위해서 라면을 더 알고 싶고, 공부하고 싶다. 자신의 건강을 돌보는 일은 세상에 태어난 이상 스스로가 지켜야 할 임무기도 하다. 눈앞의 음식에 대해 한 번쯤 의문을 품어 보는 것이 그 첫 단계가 되지 않을까.

22인치와 갈비뼈

고등학생 때 텔레비전 쇼에서 본 잊지 못할 풍경 하나. 사회자가 무용수의 허리둘레를 재는 장면이었다. 기다랗고 가녀린 몸의 중간에 줄자를 대고서 치수를 확인하는 사회자의 얼굴은 놀라움으로 가득 찼다. 과연 어떤 숫자가 나올지 시간을 끌다가 5초쯤 후에 "22인치!" 하는 자막이 떴다. 무용수는 '그럼 그렇지' 당연하다는 듯한 눈초리를 하고는 미묘한 자부심과 약간의 부끄러움이 섞인 얼굴을 반쯤 가리며 웃었다. 사회자가 그녀의 몸에서 줄자를 뗀 후에도 텔레비전 쇼 출연진들은 무용수의 허리둘레와 매끈한 몸매에 대해 얘기하고 있었다. 지금 같아서는 상상하기 어려운 일이다.

나는 곧바로 방에 들어가 허리둘레를 쟀다. 22인치가 아니었다. '그럼 그렇지' 싶었지만 어쩐지 떡을 급히 먹어서 얹힌 기분이었다. 내 뱃살은 물렁거리기까지 했다. '어떻게 하면 한 줌 허리를 가질 수 있을까?' 인터넷 검색을 했더니 해외 유명 모델의 옆구리 운동이 나왔다. 잠들기 전 양치질을 하는 동안 열심히 팔을 위로 뻗은 다음 옆구리를 굽혔다 폈다 했다. 옆구리가 땅기는 게 벌써 희망적이었다. '언젠간 나도 22

인치 허리를 가져야지. 가느다란 허리선으로 사람들을 놀라게 해야지…' 하며 잠에 들었다.

한 번도 22인치 허리를 가져 본 적이 없다. 아무리 마르고 싶어 애를 써도 가녀린 몸은 내 것이 아니었다. 살 빼는 데 좋다는 운동은 다 해 봤는데 어림없었다. 어떤 여성 배우는 한 줌만 한 허리를 만들려고 제일 밑 갈비뼈를 뺐다는 연예계 가십도 들었다. "뭐? 갈비뼈를 뺀다고?" "별 쓸모없는 뼈라 괜찮대." 근거 없는 소문을 속삭이던 친구의 얼굴이 떠오른다. 마치 수술대에 눕기 전 자신의 결정을 돌이켜 보는 환자의 얼굴 같기도 했다. '괜찮아, 갈비뼈 정도야… 정말 얇은 허리를 가지려면 어쩔 수 없지' 하며.

22인치라는 치수는 나를 오랫동안 포로로 잡아 두었다. 내 주변 여자애들 모두가 그랬다. 다들 얇아지고 싶어 했다. 하루에 한 끼만 먹는다든가 탄수화물은 절대 먹지 않는다든가 하는 식단이 유행했다. 지금 생각하면 미쳤지 싶은 소량의 음식을 섭취하고도 살 찔까 불안했지만, 당시에 그건 당연한 죄책감이었다. 텔레비전 쇼와 루머가 내 안에 불을 지폈다면 또래들 사이에서 마치 규율과도 같았던 암묵적 합의가 그 불을 더 활활 타오르게 했다.

지금은 가는 허리, 몸의 치수 따위에는 관심이 없다. 남들의 탄성을 자아내고 싶다는 열망이 사라진 건 아니지만, 어느 날 밥을 먹다가 깨달았다. 나는 무용수도 아니고, 배우도 아니다. 나는 나고, 내가 다른 사람이 될 이유는 없다.

내가 나이기 위해서는 먼저 나에 대해 알아야 했다. 타인을 기준으로 삼는 대신 건강한 내 모습을 척도로 삼기로 했다. 그런데 건강하기가 마르기보다 훨씬 더 어려웠다. 혈당 조절에 좋다는 브로콜리부터 단백질이 풍부하다는 염소고기, 심지어 갖가지 종류의 물까지 몸에 좋다는 음식이 정말 많아서 챙겨 먹을 게 수만 가지였다. 이런 효능, 저런 효능 모든 음식이 나쁠 게 없었다. 그러면 그냥 골고루 다 잘 먹으면 되는 거 아닌가 싶기도 했다.

정제 밀가루 대신 다양한 통곡물을 먹어야 좋다고 해서 통호밀빵을 사 와 아침 식사로 샌드위치를 해 먹었다. 호밀의 풍미가 입맛을 돋웠고, 입자가 굵은 호밀을 씹으니 벌써 건강해지는 것 같았다. 아침을 먹고 몇 시간 지나서였을까. 배에 가스가 차고 아프기 시작했다. 소화제를 먹고 손도 땄는데, 온종일 속이 뒤틀려 아무것도 할 수 없었다. 그러다 조금씩 나아지는 기미가 보여 저녁에도 아침에 먹고 남은 호밀빵을 한두 조각 먹었다. 그때는 몰랐다. 복통의 원인이 통호밀빵 탓인지는.

내가 호밀을 잘 소화하지 못한다는 사실은 그 후로 호밀빵을 몇 번이나 더 먹고 나서야 완전히 깨달았다. 호밀은 식이섬유가 많아서 장내 유익균을 생성하고 혈관 건강도 도와주는 몸에 좋은 곡물이다. 남들은 잘 맞는다는데 나는 호밀을 먹으면 괴로웠다. 채식을 시작한 뒤에도 내게 잘 맞는 채소나 과일이 있는 반면 몇몇 종류들은 속을 불편하게 했다. 예를 들어 비트는 생으로 먹기보다는 익혀 먹는 것이, 한 번 섭취할 때 적은 양을 먹어야 소화하기 편하다. 다른 사람에게 잘 어울리는 옷이 내게는 영 아닐 때가 있듯 음식도 그렇다.

모두에게 완벽한 식사는 없다. 우리 각자가 서로 다른 정신을 지니고 있듯이 몸이 작동하는 방식 또한 하나같이 다 다르다. 같은 양의 아이스크림을 먹어도 어떤 사람은 혈당이 완만히 오르는 반면 어떤 사람은 마구 치솟는다. 이처럼 같은 음식을 먹어도 개개인마다 완전히 다르게 반응한다. 내 몸이 편안한 식사를 하려면 내 몸이 보내는 신호를 알아채야 한다.

이제 나는 외부에서 찾은 정보로 기준을 세우기보다 내 몸이 어떻게 느끼는지를 우선시한다. 최신 유행하는 비타민제나 슈퍼푸드도 내게는 별 의미가 없다. 내 몸이 어떤 유형이다, 내가 어떤 체질이다 하는 분석도 그다지 필요가 없다. 배가 고플 때 몸과 마음을 편하게 하는 것들을 먹고 싶은 만큼만 즐겁게 먹는 것. 그게 나를 건강하게 한다.

변하지 않으면 진짜 나를 알 수 없다

오후 4시쯤 되면 사무실 빈 책상 한곳에 수북이 쌓아 둔 과자들 사이로 많은 손들이 분주해진다. 멀찍이 앉아 있던 동료들도 살금살금 다가와 어느새 책상에 둘러서서 다양한 주전부리들을 골라 가며 맛본다. 색색의 젤리, 영국에서 온 초콜릿 쿠키 세트 등 널브러진 플라스틱 용기와 봉지들이 금세 바닥을 보인다. 나는 그 사이 사과를 하나 먹으며 내가 제일 좋아한 간식이었던 커피 맛 아이스크림과 감자칩을 떠올린다. 달콤쌉싸름하면서도 짭짤한 맛의 조화. 학창 시절 헛헛한 배를 채워 주던, 너무나 사소하지만 더없이 완벽한 행복이었다. 사과를 깨무는 나를 보며 동료 중 한 명이 묻는다.

"유리, 너 저 중에 제일 좋아하는 게 뭐야? 내가 좀 가져다줄까?"

"아, 난 괜찮아."

그 마음만은 고마운 동료의 제안을 뿌리치며 마음속으로만 대답한다.

'나는 감자칩이랑 커피 맛 아이스크림을 참 좋아했어.'

내가 사랑한 간식이 과거형 문장의 목적어가 되었고, 나는 과거와는 참 많이 달라졌다. 입맛이 완전히 바뀌었고, 시중에서 판매하는 과자나 젤리 등의 간식거리를 '절대 먹고 싶지 않을 것들'이라고 생각한다. 편의점 가서 쉽게 사 먹던 과자들을 지금 맛보면 인공적인 맛과 입안에서 겉도는 질감에 당황한다.

가끔 이런 내가 낯설기도 하다. '뼈다귀 해장국 러버'였던 내가 채식을 하고, 형편없는 운동 신경의 내가 실내 암벽 등반과 요가를 즐기게 되었다. 서서히 변한 내 모습에 처음에는, '가식적인가?'도 싶었다. 과거의 내 모습만을 기억하는 사람들이 내가 채식 요리법을 나누고 건강에 대한 글을 쓴다는 걸 알게 된다면 같은 사람이 아니라고 생각할 수도 있다. 하지만 시간이 지나면서 사람이 변하는 건 당연한 일임을, 그리고 더 나은 모습의 내가 되고 싶다는 강렬한 바람을 차츰 받아들이게 되었다.

채식하기 전에는 채식하는 사람들이 극단적이라고 생각했었다. 이렇게나 맛있는 고기를 왜 자발적으로 먹지 않고 사는 걸까? 굳이 식재료를 제한하는 삶을 택하는 걸까(그 당시에는 고기나 해산물이 없으면 먹을 것이 없다고 생각하던 때였다)? 다른 사람들과 밥 먹을 때 불편하지 않을까? 식사할 때마다 고기가 먹고 싶어 후회하지 않을까?

그래서 채식은 스님들처럼 삶의 방향이 분명하고 강고

하게 정해져 있는 사람들이나 하는 줄 알았다. 겉으로는 한없이 유해 보이지만 좀처럼 꺾을 수 없는 강인한 의지와 남다른 신념이 있는, 외유내강한 분들 말이다. 그런데 어쩌다 내가 채식을 하고 있다. 나는 그럭저럭 단기간의 의지는 있지만 투철한 신념 같은 건 세우지 않고, 많은 일에 외강내유한 사람이다. 그런 내가 채식주의자 중에서도 제일 '극단적인' 비건이 되었다. 예전에는 상상할 수 없을 만큼 멀게만 느껴졌던 채식이, 나를 설명하는 여러 말 중 커다란 한 부분이 된 것이다.

먹는 것이 바뀌어서 내가 바뀐 건지, 혹은 내가 바뀌어서 먹는 것도 바뀐 건지 사실 잘 모르겠다. 어떻게 채식에 입문했냐고 사람들이 계기를 물어도 간단명료하게 대답해 줄 수 없는 것도 그 이유다. 맨 처음에는 건강을 위해 식단을 바꾸다 보니 채식 위주로 먹게 되었고, 잡식이나 육식이 야기하는 문제가 보이기 시작해 비건이 되었다고는 하지만 사람들이 문득 '고기를 안 먹고 어떻게 건강하다는 거지?'라는 눈으로 나를 쳐다보면 할 말이 없어진다. 차라리 멋들어지게 포장할 만한 이유가 있다면 좋겠지만 아주 천천히, 조금씩 일어난 변화들이 모여 새로운 나를 만든 것이라서 채식의 계기를 설명하는 일은 늘 어렵다.

대신, 채식을 하고 난 뒤 좋아진 점을 알려 달라고 하면 대답하기가 훨씬 쉽다. 좋아지고 나니 지금 내 모습과 예전

모습을 비교하기가 수월하기 때문이다. 살면서 당연히 겪을 수 밖에 없다고 생각했던 불편함을 지워 내자 건강한 내가 어떤 모습인지, 건강한 내 몸은 어떤 느낌인지를 비로소 알았다. 자다가 몸이 가려워 깨지 않고, 퉁퉁 부은 다리를 힘겹게 끌고 집으로 돌아오는 일이 사라진 일상은 과거와 확연히 다르다.

우리는 달라지는 걸 두려워하고 꺼려한다. 하지만 새로운 관념이나 생각을 받아들이고 그걸 시도하는 건 내 경계를 확장하는 가장 좋은 방법이다. 나라는 사람의 경계를 넓히고자 한다면 안 해 본 것들을 해 보고, 전과는 다른 선택을 할 필요도 있다. 먹거리 하나 바꾸는 일이 별것 아니라고 생각할 수 있지만, 그런 사소한 변화가 오늘과 다른 나를 만들어 준다는 건 지금과 다른 사람이 되었을 때라야 알 수 있을 것이다.

10년에 걸쳐 채식인이 되었다. 내 속도로 한 걸음, 한 걸음 걸어 왔는데, 어느새 훌쩍 넓어진 세계에 발 딛고 서게 되었다. 어제보다 나은 모습으로 활짝 웃으면서.

2. 나를 위해, 내 방식대로 시작한 일

안티 스트레스 수업

새 직장에서 만난 동료들과 처음 점심을 먹는 날이었다. 혼자 주섬주섬 도시락을 여는 통에, 조금 창피했다. 다들 회사 옆 슈퍼마켓이나 베이커리에서 사 온 초밥, 빵으로 점심을 때우고 있었기 때문이다. 도시락이라고 해 봐야 전날 저녁 만들어 둔 볶음밥을 싸 온 것뿐인데, 내 점심만 조금 특별해 보였다. 도시락에 쏟아지는 동료들의 칭찬을 듣는 게 영 어색해 일부러 말을 돌렸다. 이전 회사에서 동료들에게 점심 도시락을 만들어 판 얘기였다. 일명 점심 아웃소싱 프로젝트 "점심 먹을래(Lunch, Anyone?)?"

석사 과정을 밟기 위해 네덜란드에 오고서부터 정말 많은 요리를 했다. 그 전에도 틈만 나면 요리를 하기는 했지만, 요리의 스펙트럼이 딱히 넓지 않았다. 네덜란드에 와 비로소 다양한 채소를 써 가며 요리하기 시작했다.

말도 서툰 나라에서 새로 배울 재료들이 정말 많았다. 서양식 대파인 리크, 양파 종류 중 하나인 샬롯은 생전 처음 봤다. 짙푸른 케일과 붉디붉은 비트도 뿌리째 보니 정말 신기했다. 우리나라에서도 먹지만 우리 것과 다른 모양새를 한 재료들을 만나는 것도 새로웠다. 유럽 가지는 더 통통하고, 고구마 속은 샛노랗고 물컹했으며, 우리 것보다 더 여린 시금치는 뿌리는 제외하고 잎만 먹었다. 나는 처음 접하는 재료들을 다듬고 맛보며 요리하는 재미에 푹 빠졌다. 어느새 요리가 취미가 되었다.

낯선 나라에서 요리는 안식처였다. '그래, 요리가 주는 힘이 있었지.' 새삼 한국에서 유학을 준비하던 시기에 요리하며 불안함을 누이던 기억이 떠올랐다. 등교하기 전 오트밀을 따뜻하게 요리해 먹으면 그날 하루가 차분해졌다. 점심은 손쉽게 사 먹을 수도 있었지만, 대부분 전날 저녁 요리한 음식으로 도시락을 싸 갔다. 수업을 마치고 돌아와서는 오븐에 구운 연어요리를 했다. 내가 만든 요리를 룸메이트와 나눠 먹는 것도 낯선 타국 생활에 뿌리내리게 해 준 큰 힘이었다.

그때만 해도 나는 채식에 대한 지식도 열망도 크지 않았고, 건강상의 이유로 유제품을 먹지 않았을 뿐이지 육식을 했다. 물론 먹는 것에 대한 고민이 아예 없지는 않았기에 고기나 생선을 살 때는 자연 방목이나 친환경 마크가 있으면 더 마음이 갔다. '고기를 덜 먹는 대신 질 좋은 것을 먹자'라는 생각이었다(돌이켜 보면 우스운 생각이지만, 당시에는 이 논리가 꽤나 설득력 있어 보였다). 동물의 삶은 관심 밖이었고 오직 내 건강을 위해 고기의 출처를 따졌다.

누군가는 내가 먹는 것에 너무 집착한다고 볼 수도 있다. 하지만 잘 먹어야 한다는 내 믿음은 확고했다. 하루에 꼬박 세끼 먹는 밥이 나를 움직이게 하는 연료라고 생각하면 어느 한 끼도 쉽게 여길 수 없다. 차에 넣는 기름도 어느 주유소의 어떤 기름이 좋은지를 따지는데, 정작 내 몸에 들어가는 연료를 고민하지 않는다는 건 나 자신을 차만도 못한 존재라고 여기는 것 같았다. 네덜란드에 정착한 뒤 첫 1년은 '잘 먹어야 잘 산다'는 말을 그대로 체득하고 잘 먹기 위한 지식과 능력을 쌓은 시간이었다.

석사를 마치고 직장 생활을 시작하면서 나는 전보다 훨씬 더 잘 먹고 잘 살았다. 매일 나를 위해 정성껏 밥을 지었다. 요리 기초를 닦은 한국에서의 시간과 다양한 재료와 요리법을 익힌 네덜란드에서의 경험이 합쳐져서 어느새 주변 사람들에게 "유리는 요리하는 걸 참 좋아해"에서 "유리는 요리를 참 잘해"라는 얘기를 듣고 있었다.

회사 위치가 스타트업 회사들이 자리를 잡는 신개발 지역이라 식당이 드물었기 때문에 배달 음식이나 슈퍼마켓에서 살 수 있는 간단한 제품들이 동료들의 주된 점심 메뉴였다. 점심에 도시락을 그토록 열심히 싸 오는 사람은 회사에서 내가 유일했고, 집밥은 먹고 싶지만 요리할 시간이 없는 몇몇 동료들은 내 도시락을 부러운 눈으로 보았다. 내 점심을 준비하는 김에 매주 금요일에는 선착순 다섯 명에게 주문을 받아서 건강하게 만든 도시락을 팔기도 했다.

요즘 나는 매주 회사에서 제공하는 '안티 스트레스 수업'에 참여한다. 수업 프로그램은 심호흡 연습과 명상으로 이루어져 있다. 강사가 "요 근래 다른 생각은 하지 않고 어떤 한 가지 행동에만 집중해 본 경험이 있나요?"라고 물었다.

참여자 대부분이 씁쓸한 웃음을 지으며 회사에서는 한꺼번에 처리해야 할 업무에 치여 한 가지 일만 할 수 없고, 집에 가도 회사에서 있었던 일을 좀처럼 끊어 낼 수가 없다고 대답했다. 나 또한 다른 참여자들과 크게 다르지 않다. 그래도 출퇴근길에는 책을 읽고, 집에 돌아와서는 요리를 하면서 잠시나마 복잡한 세상과 단절하는 연습을 하고 있다.

양파를 썰면서 성가신 동료 생각을 하면 양파를 제대로 썰 수 없다. 분노가 치밀어 마구 칼질을 하다가 칼날에 손을 베일 게 분명하기 때문이다. 마늘을 다질 때는 그 반복적인 동작에만 집중한다. 당근을 채 칠 때도 마찬가지다. 오므린 손끝을 당근 위에 조심스럽게 얹어 당근이 움직이지 않게 붙잡은 다음 균일한 두께로 채 써는 일에만 몰두한다. 그래야 재료가 골고루 익은, 맛있는 저녁을 먹을 수 있기 때문이다. 속을 끓이며 성 내는 데 에너지를 쏟느니 맛있는 식사를 챙겨 먹는 게 건강에 훨씬 더 이로울 것이다.

누군가 언제 그렇게 먹을 것을 챙기며 사느냐고 묻는다면 나는 당당하게 "그러지 않으면 잘 살 수 없기 때문"이라고 대답할 것이다. 내 몸과 정신의 건강을 스스로 지키지 않으면 정신 없는 회사 생활에서 나를 잃기 쉽다. 인스턴트식품이나 시중에 파는 과자를 먹지 말자는 원칙도 시간에 쫓기다 보면 무너지기 쉽고 또다시 무계획적인 일상이 반복된다.

내가 먹을 음식을 스스로 요리하는 건 잘 살기 위한 첫 걸음이다. 거창하지 않아도 된다. 매일이 어렵다면 격일로 혹은 일주일에 한 번 정도 나를 위해 끼니를 챙겨 보면 어떨까.

잘 먹는 일에 집중할수록 삶이 더 살기 쉬워진다고 나는 믿는다.

일하면서 집밥 챙겨 먹는 노하우

칼같이 퇴근하고 집에 돌아와도 7시가 넘어서야 지친 몸을 소파에 기대고 겨우 숨을 고르는데, '집밥 챙겨 먹기'라니 웬 말일까 싶을 것이다. 하물며 야근하는 날이면 회사로 짜장면을 시켜 먹거나, 회사 근처 24시간 음식점에서 후닥닥 먹고 사무실로 돌아와야 하는데 대체 밥할 시간이 어디 있겠는가. 그건 거의 초능력을 써야 가능할 일이다.

더욱이 당근이나 시금치를 직접 골라 와 손질해 볶고 데치는 것보다 집 근처 분식점에서 김밥 한 줄 시키는 게 비용도 시간도 더 절약되기도 한다. 또 스파게티 한 그릇을 만들기 위해 필요한 모든 재료를 사는 것보다 슈퍼마켓에서 1인분용으로 포장된 즉석 스파게티를 하나 사서 끓여 먹는 게 쓰레기도 설거지도 덜 나오고 간단하다.

그렇지만 밖에서 공수해 온 끼니가 아닌, 온전히 나를 위한 한 그릇의 집밥이 그리운 날이 분명 있다. 그럴 때는 조금만 짬을 내 보자.

여기, 일하면서 (심지어 매일) 집밥 챙겨 먹을 수 있는 간단한 방법이 있다.

1. 계획하기

매일 요리하기란 쉬운 일은 아니다. 매일 하기가 부담된다면 일주일에 두 번 혹은 세 번 정도 정해 두고 요리하는 날을 만들어 보기를 바란다. 좀 더 효율적으로 계획을 세우고 싶다면 엑셀이나 메모 앱을 이용해도 좋다.

내 경우에는 매주 토요일 이른 오후에 그다음 주 금요일 저녁까지 해 먹을 메뉴를 정한다. 예를 들어 월요일은 버섯 토마토소스 파스타를, 화요일은 퀴노아 수프를 먹기로 계획하고, 필요한 재료를 메모 앱에 기록해 둔다. 그런 다음 장을 보면 시간도 절약할 수 있고 불필요한 재료를 사지 않는다. 특히 인스턴트식품이나 가공식품의 충동구매를 방지하는 데 딱이다. 나와 남편 토마스는 매주 엑셀에 메뉴를 적어 서로 공유하기 때문에 "누가 먼저 요리하기로 했나?", "뭐 먹기로 했나?" 티격태격할 일도 없다.

2. 실행하기

사실 말이야 쉽지, 직접 행동에 옮기기는 참 어렵다. 게다가 요리에 젬병이라면 뭣부터 어떻게 시작해야 할지 당황스러울 수 있다. 하지만 건강한 집밥을 시도해 볼 수 있는 자료를 찾기도 정말 쉬워졌다. 인터넷 검색창에 '집밥'만 쳐도 다양한 요리법이 수두룩하고 유튜브에서 보고 따라 할 수 있는 영상도 정말 많다. 나는 많은 분들이 건강하고 맛있는 요리를 해 드시기를 바라는 마음으로 유튜브 채널 <요리하는유리>에 비건 요리 영상을 올리고 있다.

3. 행복하기

요리를 하면서 손을 다칠 수도 있고, 냄비를 태울 수도 있고, 어쩔 때는 유감스럽게도 완성된 요리가 맛 없을 수도 있다. 그래도 나를 아끼는 마음, 혹은 나와 함께 집밥을 나눌 누군가를 위한 정성은 고스란히 담겨 있을 테니 너무 좌절하지 말자. 따끈따끈한 요리를 접시에 담으며 미소 짓는 그 시간은 누구에게도 양보하고 싶지 않을, 나만의 행복이 될 것이라고 확신한다. 더욱더 건강할 나 자신을 위해, 사랑하는 가족, 소중한 친구들을 위해 함께 요리하는 행복을 나눠 보면 어떨까?

피타고라스, 모나지 않은 자

수학을 포기한 자, 수포자. 그게 나다. 숫자와 기호가 섞인 공식들을 보면 일단 현기증이 난다. 학창 시절 나는 『수학의 정석』을 이해하는 대신 외웠다. 시험을 치려면 공식을 대입해 풀어야 하는데, 소화하지 못한 공식들은 시험 문제들 앞에서 머리에 떠돌 뿐이었다. '탄젠트'니 '코사인'이니 하는 용어가 도대체 무슨 의미인지, 왜 삼각형을 자꾸 쪼개고 나눠서 각도를 재려고 하는지 알 수가 없는 일이었다. 고대부터 이런 기괴한 생각을 시작한 사람이 피타고라스인데, 그 이름을 처음 들었을 때 삼각형처럼 참 모난 사람이겠다 싶었다.

나와 어떤 공통점도 없을 것 같은 고대 그리스의 철학자이자 수학자는 모난 사람이 아니었다. 역사 속에 기록된 첫 채식주의자는 피타고라스다. 그는 모든 생명체는 연결되어 있고 인간과 동물은 내면의 언어를 공유하기 때문에 고기를 먹는 건 인간을 해하는 것이나 다름없으며, 인간이 육식을 끊지 않으면 이 세상에서 폭력은 사라지지 않을 것이라고 했다. 먹는 것뿐만 아니라 동물의 가죽이나 털을 입는 것도 금지하고, 어떤 동물도 인간에 의해 해를 입어서는 안 된다고 설파

했다. 피타고라스를 추종하던 학자들은 이런 규율을 따랐다. 서양 최초의 비건 운동가들인 셈이다.

고대 그리스에서 멀리 떨어진 인도에서도 오래전부터 채식을 하는 사람들이 있었다. 브라만교, 자이나교, 불교 등 당시 발생한 종교들이 모든 생명을 함부로 죽이지 않겠다는 맥락의 종교적 교리를 가졌다. 브라만교와 인도 민간신앙이 합쳐져 나온 힌두교는 오늘날 인도인의 대다수가 믿는 종교인데, 힌두교의 교리도 육식을 금하기 때문에 고기 먹는 인구가 늘어난 요즘에도 3억 명 가까이 되는 인도인들이 채식을 한다. 내가 처음 채식을 시작할 때 아주 생경하지 않으면서 특색 있는 채식 요리를 찾던 나를 구원해 준 요리 대부분이 인도 음식이었다.

요리하는 방법이 다양한 것처럼 채식하는 방법도 다양하다. 기나긴 시간 이어져 내려오면서 지역, 문화, 종교, 기후 등 갖가지 요인에 따라 채식의 얼굴도 각양각색이 되었다.

플렉시테리언(Flexitarian)

반(半)채식주의자 혹은 자유 채식주의자를 의미한다. '융통성 있는'이라는 뜻의 영어 단어 Flexible과 '채식주의자'를 뜻하는 Vegetarian을 합한 말로 평소 식사의 대부분을 채식으로 먹기를 지향하지만 때때로 고기를 먹는다. 육류나 가금류를 완전히 끊지 않기 때문에 채식에 관심이 생겼다면 거부감 없이 시도해 볼 수 있다. 보통 이들은 스스로를 '채식주의자'라고 하지 않지만 육식을 즐기는 사람들과 다른 점이 분명 존재한다. 자신이 먹는 고기가 어디서, 어떻게 길러졌고 어떤 방법으로 도축되었는지 알아보는 등 동물의 삶에도 관심을 가진다는 것이다.

슈퍼마켓 진열대에서 가죽이 벗겨지고 내장과 뼈를 발라낸 상태로 포장된 고기를 보면 그것이 진열대에 오르기 전, 한 마리의 소나 닭, 돼지 등 하나의 생명체였다는 걸 깨닫기 어렵다. 내 주변의 플렉시테리언들은 한 달에 한 번쯤 지역 소규모 농장에 가서 동물들이 생활하는 환경을 직접 살피고 농장 주인과 얘기도 나눈 후 조금이나마 덜 고통스럽게 도축한 고기를 사 먹는다.

나도 채식을 지향하면서 천천히 육식의 빈도를 줄였기에 꽤 오랫동안 플렉시테리언의 시기를 보냈다. 처음에는 일주일에 두세 번쯤 먹다가 주말에 한 번, 그 후로 2주에 한 번 꼴로 자연 방목 고기를 사 먹었다.

'윤리적 도축', '양심적 소비' 같은 말이 고기 먹는 사람의 자기 합리화에 불과하다는 비판도 분명 있다. 그렇지만 사는 동안만이라도 동물의 삶이 더 나았으면 하는 마음이라면 육식의 횟수를 줄이는 대신 더 질 좋은 고기를 먹는 것도 한 방법이다.

페스코 베지테리언(Pesco Vegetarian)

육류·가금류는 먹지 않지만 생선류, 달걀 혹은 가금류의 알, 유제품은 먹는다. 알류나 유제품까지 배제하고 철저하게 생선류만 섭취하는 페스코 베지테리언도 있다. 우리나라 대부분의 식당에서 채식만으로 이뤄진 메뉴는 따로 준비하지 않더라도 해산물로 된 메뉴 하나쯤은 마련하고 있기 때문에 페스코 채식은 사회생활 하면서 외식할 일이 많은 우리나라에서 실천하기 좋다.

지인 중에 페스코 베지테리언이 있는데, 무분별하게 어획하거나 어장에서 자란 생선류는 피하고, MSC(Marine Stewardship Council. 국제해양관리협의회) 마크와 같은 지속 가능한 수산물 어업 인증을 받은 생선을 구매한다. 유기농 제품을 사는 것처럼 생선을 살 때도 생태계 보전을 위해 노력하는 기업의 제품을 구매하는 것이다.

오보 베지테리언(Ovo Vegetarian)

육류·가금류, 생선류, 유제품은 먹지 않지만 달걀 혹은 가금류의 알은 먹는다(만약 달걀·가금류의 알, 유제품까지 먹는다면 '락토 오보 베지테리언Lacto-Ovo Vegetarian'이라고 한다). 비건이 되기 전 채식을 지향할 때는 우리 음식에 이렇게나 달걀이 많이 쓰이는지 몰랐다. 달걀찜, 달걀말이, 달걀 장조림 등 달걀 반찬의 가짓수가 많은 것은 물론 찬찬히 생각해 보면 튀김을 만들 때 튀김옷을 입히는 데도 쓰이고, 찌개에 생달걀을 한 알 터뜨려 올리는 것도 식당에 가면 기본이다.

디저트를 좋아하는 나는 집에서 자주 케이크나 쿠키를 굽는다. 막 완전 채식을 시작할 때는 '달걀을 쓰지 않고 어떻게 베이킹이 가능할까?' 가늠이 잘 되지 않았다. 고기 끊기보다 달걀 끊기가 더 어렵게 느껴졌을 정도였다.

그런데도 기어코 달걀을 끊은 이유는 달걀을 얻겠다고 신발 상자만 한 공간에서 햇빛도 한 번 못 보고 부리마저 잘린 채 길러지는 수많은 닭들에게 미안해서였다. 어릴 적 외할머니 댁에 가면 닭장 속 너댓 마리 닭들에게 직접 모이도 주고 아침에는 갓 낳은 달걀을 가져오기도 했다. 아쉽게도 이런 달걀 자급은 옛날 이야기가 되었다. 요즘에도 아주 드물게 넉넉한 공간을 갖추고 닭을 키우는 양계장에서 파는 달걀도 있다. 채식을 하지 않는 토마스도 달걀을 살 때는 자연 방목 표시를 보고 사 먹는다.

락토 베지테리언(Lacto Vegetarian)

치즈와 우유를 사랑한다면 유제품을 먹는 채식을 할 수 있다. 락토 베지테리언은 육류·가금류, 생선류, 알류는 먹지 않으면서 유제품은 먹는다. 유럽에 와서 많이 봤는데, 특히 프랑스 친구들이 락토 채식을 많이 하는 편이다. 프랑스인에게 치즈는 우리나라로 치면 김치와 비슷하다. 그만큼 없어서는 안 되는 필수 식품이다. 리옹에 사는 친구 집에서 크리스마스를 보낸 적이 있는데, 그 집 식구들 모두가 락토 채식을 했다. 아침저녁 가리지 않고 여러 가지 치즈를 즐겼고 냉장고를 열면 치즈가 한가득이었다. 마치 깍두기, 파김치 등등 다양한 김치를 한 끼에 같이 먹는 우리나라 식사와 비슷하다고 생각했다.

채식을 하고 싶지만 모차렐라가 가득 올라간 마르게리타피자나 리코타 치즈 샐러드를 끊을 수 없다면 충분히 즐기면서도 채식할 수 있다.

비건(Vegan)

생활 속에서 어떤 동물도 해하지 않는 삶을 추구한다면 비건이 정답이다. 완전 채식주의자로 육류·가금류, 생선류, 알류, 유제품 일체를 먹지 않는다. 양봉의 비윤리성을 지적하며 꿀 역시 먹지 않는 비건도 있다. 먹는 것 외에도 입고 쓰는 모든 것에서 동물성 재료나 동물을 착취해 얻는 재료가 들어가지 않은 제품을 사용한다.

피타고라스와 수포자인 나의 공통점이 바로 여기 있다.

그의 수학적 발견은 이해하지 못하지만 지구 위 생명체에 대한 그의 해석을 존중하는 나는 비건이 되었다.

채식을 할 이유는 많고 할 수 있는 방법도 많다. 수천 년 전, 당시 사람들은 이해할 수 없던 기괴한 논리로 그리스 시민들의 육식을 금지하려 했던 둥근 마음의 피타고라스부터 종교적 이유로 채식을 했던 역사 속 사람들, 그리고 나를 포함해 저마다 다른 이유로 채식하는 오늘날의 채식인들까지, 동서고금을 막론하고 우리를 이어 주는 채식은 인류의 동질성일지도 모른다. 이 오래된 끈을 쥐고 나는 앞으로 더 나아가려 한다.

빵이라는 기적

막 동이 트려 하는 일요일 새벽, 나는 알람시계보다 먼저 일어나 부리나케 주방으로 향한다. 냉장고 안에는 내가 오랫동안 키워 온 생명체가 자라고 있다. 찬찬히 문을 열고 소쿠리 안에 웅크린 채 새근새근 자고 있는 반죽을 꺼낸다. 소쿠리를 덮고 있는 헝겊을 걷어 올리자, 밀과 물이 한 몸이 된 묵직한 덩어리가 뽀얀 모습을 드러낸다.

8시간 동안 몸을 잔뜩 부풀린 반죽을 조심스럽게 꺼내 밀가루를 흩뿌린 주방 탁자 위에 내려놓는다. 마치 자다 깨서 심통이나 난 듯, 반죽은 힘을 잃고 살짝 퍼져 있다. 반쯤 뜬 눈으로 차가운 반죽을 어르고 달래며 치대는 내 얼굴에 살며시 미소가 번진다.

과정이 즐거운, 흔치 않은 기적

빵은 항상 내게 두려운 존재였다. 전 세계 많은 사람들이 주식으로 먹는 음식이 왜 그리 만들기가 어려운지 말이다. 물과 쌀만 있으면 밥을 지을 수 있는 것처럼 빵 역시 물과 밀만 있으면 더 필요한 것이 없다. 하지만 끓이기만 하면 되는 밥과는 달리 이 고소하고 부드러운, 혹은 딱딱하고 바삭하기도 한 타원형의 음식은 많은 주의와 노력을 요한다는 게 나를 겁먹게 했다.

처음 빵을 구웠던 날, 이미 요리법을 수십 번도 더 읽었기에 반죽을 오븐에 넣고 기다리면 겉은 바삭하고 노릇하면서 속은 부드러운 식감의 빵이 나오리라고 기대했다. 아궁이에 불 지피던 아낙네처럼 나는 은은하게 불빛이 새어 나오는 오븐 앞에 쪼그려 앉아 한참 동안 그 안을 들여다보았다. 빵이 다 구워졌음을 알리는 알람 첫 음이 끝나기도 전에 오븐 문을 열고 빵틀이 넘치도록 부푼 완성품을 꺼냈다.

초심자의 행운 따위는 없었다. 겉모양은 흡사 빵집에 진열된 것과 다를 바 없었으나 빵을 잘랐을 때 단면은 내가 생각했던 것과는 달랐다. 에멘탈 치즈 같은 공기구멍은 보이지 않았고 속은 반죽이 뭉친 듯했다. 그런대로 먹을 만했지만 내가 원하던, 콧소리 절로 나게 하는 맛은 아니었다. 기대감이 커서 아쉬움이 이만저만이 아니었다.

만약 프로 제빵사가 꿈이었다면 엄청난 실망감에 잠도 못 들었을 테지만, 그저 즐겁게 요리하고 맛있게 먹는 게 행복한 내게는 주말 시간을 때운 좋은 경험이었다. 그 뒤로도 여러 번 더 빵을 구웠다. 올리브를 다져 넣은 터키식 빵부터 각종 씨앗을 더한 통밀빵까지. 그러나 한 번도 만족스러운 결과물은 만들어 본 적이 없었다. 그런데도 나는 한 달에 한두 번은 적당히 실망스러운 빵을 계속 구워 냈다.

오로지 결과물을 위해서만 빵을 구웠다면 아마 진작에 때려치웠을 것이다. 하지만 나는 제빵의 시작부터 끝까지 모든 과정을 사랑한다. 밀가루에 물을 더했을 때 서로 엉기는 반죽의 모양, 열심히 치대고 나면 아기 궁둥이같이 보송보송해지는 반죽, 그리고 빵틀 안에서 살이 차오르는 오븐 속 빵의 모습을 보면서 완성될 빵을 기다리는 시간은 늘 설레었다. 밥을 할 때와는 다른 제빵의 매력이 나를 사로잡았다.

빵 굽기를 통해 그 끝에 연연하지 않고 과정 자체에서 즐거움을 얻는 법을 배웠다. 결과만을 중시하는 요즘에는 느껴보기 힘든 순간이다. 나는 매주 빵을 구우면서 이 기적 같은 순간과 마주하고 있다.

천연 발효 빵으로 배우는 밀의 시작과 끝

빵 굽는 일이 어렵지 않다는 건 한참 뒤에야 깨달았다. 처음 발효 빵을 만들어 낸 곳은 고대 이집트였다고 한다. 사막의 뜨거운 기후와 갓 간 밀가루, 그리고 물이 합해지면서 공기 중의 박테리아와 천연 효모가 자연스럽게 반죽에 자리를 잡고 자라난 것이 바로 천연 발효종의 시작이었을 것이다. 나는 밀가루와 물만 있으면 발효종을 만들 수 있다는 걸 집에서 직접 만들어 보며 알았다.

처음에는 반신반의했다. 뚜껑 달린 통에 유기농 통밀가루와 생수를 넣어 섞은 다음 따뜻한 실온에 두기만 하면 된다고 해서 밀가루와 물이 담긴 통을 주방 선반 한구석에 올려두었다. 이틀이 지나자 공기 방울이 자잘하게 올라오고 묽었던 반죽의 부피가 점차 커졌다. 아주 진한 맥주의 향이랄까, 김치와는 다른 시큼한, 하지만 뭔가 살아 있는 냄새가 났다. 물 먹은 밀가루와 시간이 만나서 새로운 생명체를 자라나게 하는 그 놀라운 현상에 나는 푹 빠졌다. 하루에 한 번 밀가루와 물을 섞어서 내 발효종에게 밥을 주었다. 눈 깜짝할 사이 빠르게 불어나는 덕에 나는 사워도(Sourdough) 빵을 자주 구워야 했다.

사워도는 신맛이 나는 반죽이라는 뜻이다. 천연 발효종을 사용해 구운 빵은 특유의 신맛이 나는데, 발효 과정에서 유산균이 만들어 내는 유산(Lactic Acid)이 주원인이다. 또한 발효를 통해 다양한 발효 산물이 생성되어 보다 다층적인 맛을 낸다. 이런 독특한 신맛은 사워도 빵에 한번 맛 들이면 끊을 수 없는 점이기도 하다. 뿐만 아니라 장시간의 발효 과정을 통해 밀가루의 전분과 당분이 충분히 분해되고, 글루텐 함량도 줄어든다. 이와 같은 과정이 있어 사워도 빵은 일반적인 빵보다 소화가 잘 된다. 마치 우리 몸에서 소화가 진행되는 것과 같은 일이 이미 반죽을 발효하는 과정에서 일어난다고 보면 된다. 게다가 산도가 높기에 보존 기간이 비교적 긴 편이다.

천연 발효 빵을 구우려면 상당한 품과 돈이 든다. 매일 70g 정도의 새로운 밀가루를 먹여야 하고, 발효종 속 박테리아가 수돗물에 함유된 특정 성분들을 싫어해서 좋은 생수를 구해 와 매번 먹여야 한다. 또 마구 자라나는 발효종 때문에 일주일에 한 번 빵을 굽는 나로서는 그 양을 감당하기 힘들었다. 일부분을 떼어 버려도 소용없었다. 며칠 뒤면 다시 같은 과정-발효종에게 먹이를 주고 양이 많아지면 일부분을 버리는-이 반복되었다. 결국 버티다 못한 나는 두 달간 길러 온 내 발효종에게 작별을 고해야 했다.

그렇다고 해서 발효종을 가차 없이 버린 건 아니었다. 막상 헤어지려니 모질게 내버릴 수는 없었다. 마침 페루로 2주간 여행을 가게 되어 어떻게 할까 고민하던 차에, 아주 긴 기간이 아니라면 냉동실에 얼려 두면 된다는 글을 읽었다. 떠나기 전날 밤 차디찬 냉동실에 발효종을 넣기로 했다. 그때 마음이 참 불편했는데, 발효종이 그야말로 살아 있는 생명체라고 여겨졌기 때문이었다. 떼 놓고 가려니 반려동물마냥 느껴져서 기분이 좋지 않았다.

여행에서 돌아와 짐을 풀기도 전에 한 일이 발효종을 냉장실로 옮기는 것이었다. 처음 이틀은 괜찮아 보였는데, 나흘째 되던 날 물이 많이 생기더니 거무죽죽하게 변했다. 냄새도 뭔가 잘못되었다는 걸 암시했다. 톡 쏘고 불쾌한 향이 나서 결국 사망 선고를 내리고 떠나보내야 했다. 쓰레기통에 버려진 검고 묽은 덩어리를 보며 이상하게도 슬픔과 안도감이 교차했다.

마음만 먹으면 다시 발효종을 만들 수도 있었다. 밀가루와 물, 공기만 있으면 가능하니까. 하지만 이 작업은 정말 살아 있는 동물을 다루듯 세심하게 주의를 기울여야 한다. 이 역시 나에게는 큰 깨달음을 주었다. 눈으로 보이지 않는 생명체도 나와 같이 이 지구를 구성한다는 사실, 그리고 그 작디작은 것들이 이루어 내는 경이로운 기적에 빵이 더 고귀하고 사랑스러운 존재로 여겨졌다.

건조 효모로 빵 굽기는 반칙일까?

우리가 먹는 대부분의 빵은 사워도 빵이 아니다. 그렇다면 그 많은 빵은 무엇으로, 어떻게 만들어지는 걸까? 대부분의 빵집에서는 '제빵사의 효모'라고 불리는 건조 효모를 쓴다. 건조 효모는 19세기 중반에 맥주를 발효시키는 데 쓰였던 박테리아(Saccharomyces Exiguous)에서 유래한다. 건조 효모는 빵 반죽을 쉽게 부풀게 하고, 구웠을 때 가볍고 고소한 맛을 내서 많은 제빵사들에게 각광을 받았다. 건조 효모를 사용하는 제빵사들도 급속도로 늘어났다.

건조 효모를 사용하면 반죽을 발효시키는 시간을 대폭 줄일 수 있다. 빵을 만들기가 더 쉬워진 것이다. 그러면서 더 많은 사람들이 싸고 간편하게 빵을 사 먹을 수 있게 되었다.

나도 귀찮은 천연 발효종 만들기를 졸업하고 건조 효모를 사용하기 시작했다. 따끈하고 풍미 좋은 빵을 만드는 데 1시간이면 충분하다는 점은 매일이 바쁜 현대인에게 엄청난 장점이다.

과정이 쉬워진 반면 잃게 된 것들도 있다. 건조 효모는 천연 발효종에 든 효모와 달리, 빵을 부풀리는 데 필요한 단일 효모로만 구성되어 있다. 발효 시간이 약 20분 정도로 짧아서 소화율이 낮고, 글루텐 함량도 줄지 않는다. 그리고 건조 효모를 사용한 빵에는 입맛을 적당히 돋우는 사워도 특유의 신맛도 없다. 하지만 이렇게 굽는 빵이 꼭 나쁘다고만 하기 어렵다.

요즘 우리가 더 손쉽게 사 먹는 대량 생산된 빵에는 많은 첨가물이 들어 있기 때문이다. 제빵 회사들은 좀 더 가벼운 식감과 좀 더 중독적인 맛을 내기 위해 다량의 설탕이나 인공 첨가제를 넣는다. 보존 기간을 늘린다고 방부제도 넣는다. 그러니 집에서 밀가루, 효모, 물, 소금, 약간의 단맛만 더해 정직하게 구운 빵이 건강에 더 좋은 건 당연하다.

나는 매주 건조 효모로 빵을 굽는다. 일요일 오후 온 집안에 통밀빵 냄새가 퍼지면 토마스는 방앗간에 날아드는 참

새처럼 주방으로 달려온다. 나는 오븐에서 막 꺼낸 빵을 한 김 식힌 후 빵을 썬다. 바삭바삭 소리가 경쾌하고, 한 입 베어 문 첫 조각은 감미롭고도 고소하다. 우리는 빵을 맛보며 빵 끝을 잡고 건배한다. 마법 같은 밀의 끝과 빵의 시작, 그리고 기적 같은 자연과 인간의 조화에 감사하며.

너, 그래도 생선은 먹는 거지?

쨍한 초록 바탕에 흰 점이 다닥다닥 박힌 플라스틱 쟁반 위, 살아 있는 세발낙지를 가위로 잘게 잘라 올리는 빨간 고무장갑 낀 두 손의 움직임이 날렵하다. 댕강 잘린 다리들이 정신없이 꿈틀대는 위로 참기름이 듬뿍 뿌려지고, 한 귀퉁이에 초장을 넉넉히 곁들인 접시가 노란 머리를 한 남자 앞에 놓인다. 젓가락으로 힘겹게 뽑아 낸 다리들을 입에 넣은 그의 얼굴은 심각한 질문을 받은 듯 굳었다. 질겅질겅 분주하게 움직이던 턱이 마침내 동작을 멈추었다. 남자는 천천히 다리를 삼키고 나서야 고개를 들어 카메라 렌즈를 바라본다.

순간 화면이 정지했다. 영상을 보여 주던 독일어 강사의 눈이 곧바로 나를 향한다.

"유리, 너도 이렇게 살아 있는 낙지 먹어 봤어?"

"응, 한국에서 나고 자랐으니까. 당연히 먹어 봤지."

그녀의 이마가 꼬물거리는 세발낙지의 다리처럼 일그러진다.

"하지만 이제 먹지 않아. 난 채식주의자가 되기로 했거든."

"한국인들은 해산물을 생으로 먹을 정도로 좋아하는데

어떻게 안 먹을 수가 있어? 너, 그래도 생선은 먹는 거지?"

"아니, 더 이상 먹지 않아."

단도직입적인 강사의 질문과 깔끔한 내 답변이 수업이 끝난 후에도 생각의 꾸러미 안에서 튕겨 다녔다. 우리의 대화는 거기서 멈췄지만, 이번에는 머릿속에 나 스스로에게 던지는 질문이 날아들었다. 내가 언제부터 해산물을 먹지 않게 된 거지?

캔 음식을 멀리 한 뒤로 참치를 몇 년간 먹지 않았다. 웬일인지 참치를 먹고 싶다는 생각이 든 적은 없었다. 그러다 유럽에 와서 마트 선반에 놓인, 유리병에 옹골지게 들어 있던 참치 살점을 발견했다. 아주 작은 병이 꽤 비싸기도 했고 딱히 그리운 음식도 아니어서 사 먹지 않았는데, 어느 날 친구들을 초대해 김밥을 만든다고 그 유리병에 든 참치를 사 와 요리했다.

그날 저녁 고소한 참치 살을 씹자마자 얼마나 기뻤는지, '이 맛있는 걸 왜 안 먹는다고 했을까?' 생각했다. 소고기나 돼지고기는 다른 동물의 생명을 빼앗아 내 배 속을 채운다는 느낌이 뚜렷해 강한 반작용을 일으켰지만, 생선은 그런 느낌이 거의 없었다. 유리병에 든 참치도 있겠다, 해산물을 안 먹을 이유가 없었다. 게다가 연어 같은 생선은 단백질을 비롯한 영양소도 풍부하다는데, 육고기 대신 해산물을 왕창 먹으며 페스코 베지테리언으로 살아도 충분할 것 같았다.

항구 도시 바르셀로나에서 나고 자란 토마스는 해산물을 정말 좋아하는데, 그중에서도 연어를 제일 좋아했다. 연애 시절 그는 데이트 메뉴로 항상 연어를 택할 정도였다. 그런 남편을 위해 진분홍빛이 고운 연어 살을 사다가 오븐에 넣어 굽기도 하고 생으로 준비하기도 했다. 고소하고 부드러운 맛이 좋기에 일부러 멀리 있는 해산물 시장까지 가서 장을 봐오는 것도 귀찮다고 생각하지 않았다. 그러던 중 해양 생태계와 전 세계 해산물 오염 및 착취를 다룬 다큐멘터리를 토마스와 함께 보게 되었다. 토마스는 연어를 끊어 보겠다고 선언했다. 제일 좋아하는 연어를 포기하려는 그의 의지에, 나 역시 생선을 먹지 않겠다고 마음을 고쳐 먹었다.

전 세계 연어 수요는 매년 증가하고 있다. 공급이 수요를 충족시키지 못하기 때문에 연어의 가격은 계속 오를 수밖에 없다. 계속 증가하는 우리의 수요에 맞춰 노르웨이의 거대 수산물 회사는 엄청난 양의 연어를 전 세계에 공급하고 있다. 이 회사는 대서양에서 1년에 40만 톤 이상의 연어를 잡는데, 다른 어떤 회사보다 막대한 양이다. 최근 이 회사가 운영하는 연어 양식장에서 사용하는 화학물질에 대한 기사가 났다. 6백만 톤 이상의 약을 양식장이 있는 바다에 뿌린다고 했다. 도대체 뭣 때문에 그 많은 화학물질을 써야 하는지 궁금했다.

연어는 강에서 나서 바다로 나가 자라는 생선이다. 넓은 바다를 누비며 크는 만큼 활동량이 많아 우리가 먹으면 '건강해진다'고 알려져 있다. 그런데 이런 연어를 일정한 공간에 가둬 놓고 키우면 '바다 이'라고 불리는 기생충이 큰 문제가 된다고 한다. 바다 이는 연어의 생명에 치명적이다. 1kg 정도의 연어에 열 마리만 붙어도 연어가 죽을 수 있다고 한다. 연어가 이런 기생충에게 먹혀 죽는 걸 방지하고 웬만큼 값어치가 나가는 연어를 얻기 위해 어마어마한 양의 항생제를 양식장에 쏟아붓는 것이다. 그런 환경에서 자라는 양식 연어를 우리는 비싼 돈을 주고 먹고 있는 것이고.

연어 양식이 야기하는 또 다른 문제도 있다. 노르웨이의 양식장에서 키우는 연어에 붙어살던 바다 이가 근처 야생 연어들에게까지 옮았다고 한다. 양식 연어에서 발생한 문제가 자연산 연어에게까지 영향을 줄 수 있는 셈이다. 자연산 연어가 제일 많이 나는 곳이 대서양과 칠레 근처 남태평양인데, 대서양에서 나는 연어의 공급은 실제로 지난 20년간 줄고 있다. 스코틀랜드도 연어를 많이 수출하는 나라인데, 이곳에서도 다른 곳과 유사한 양식 연어의 문제가 점점 커지고 있다고 한다.

참치의 경우에는 WWF(World Wide Fund for nature. 세계자연기금)에서 이미 멸종 위기 종으로 지정했을 정도로 많은 착취를 당해 왔다. 참치 수가 극도로 줄은 건 비윤리적 남획 때문이다. 참치 역시 늘어나는 수요에 맞춰 가격이 오르니 더 큰 이익을 위해 기업들과 어업자들이 서슴없이 불법 착취를 하는 것이다. 이와 함께 부수 어획도 논란이 된다. 부수 어획은 목표로 하는 어종 외에 우연히 다른 어종을 잡는 일을 말한다. 예를 들면 참치를 잡으려다가 돌고래, 상어, 바다거북 등을 낚는 경우다. 이런 부수 어획물은 그물에 낚여 목숨을 잃거나 인간의 손에 죽어 곧바로 바다에 폐기된다.

우리는 음식을 원하기만 했지, 먹는 순간의 즐거움을 싼값에 즐긴 뒤에는 어떤 결과가 올지 생각하지 않는다. 찰나의 행복을 위해 지불해야 하는 대가가 어마어마하다는 것을 알게 되고 난 후부터 나는 더더욱 생선 먹기가 싫어졌다.

해산물 섭취는 해양 생태계 파괴의 문제 이외에도 우리 건강과 직결된 문제도 있다. 해양 쓰레기의 60~80%가 플라스틱이라고 한다. 바닷속 생선과 조개류는 미세한 조각으로 부서진 플라스틱을 자연스럽게 섭취할 수밖에 없다. 마치 공기 중에 미세 먼지가 떠다녀도 어쩔 수 없이 숨을 들이마실 수밖에 없는 우리의 처지와 비슷하다. 미세 플라스틱을 섭취한 해산물을 먹는 건 미세 먼지가 가득한 날 건강을 챙긴답시고 굳이 등산하러 가는 것과 같다. 건강하기 위한 우리의 선택이 도리어 우리를 더 아프게 할 수 있는 것이다.

자연적으로 축적되는 수은도 우리 건강에 악영향을 미

친다. 수은은 신장을 해치고, 태아의 뇌 발달을 저해하는 위험한 금속물질이다. 석탄 발전소의 연기, 혈압측정기나 온도계 등의 의료 제품, 그리고 전구에도 들어 있는데, 공기 중에 사라지지 않고 비가 오면 바다로 흘러들어 축적된다. 그렇기 때문에 해산물을 먹으면 수은이 우리 몸에 쌓이는 것이나 다름없다. 2012~2014년 우리나라 성인을 대상으로 한 연구에서 혈중 수은 농도 요인의 78%가 해산물 때문이라는 결과가 나오기도 했다. 그만큼 우리가 해산물을 즐겨 먹는다는 것을 보여 준다.

식단에서 해산물 요리는 사라졌지만, 해양 환경을 지키는 데 작은 기여를 하고 있다고 생각하면 마음만은 넉넉해진다. 그래서 나는 앞으로 "생선은 먹지?"라는 질문에 "생선 아니더라도 더 많은 것을 먹고 살며 그래서 행복하다"고 답하고 싶다.

유제품은 정말 이로울까?

지난 크리스마스, 시조부모님 댁에서 점심을 먹었다. 크리스마스 점심 식사는 전통적인 카탈루냐(Cataluña)식. 시금치와 잣을 채워 넣은 카넬로니, 간단한 샐러드, 집 앞 빵집에서 사 온 갓 구운 바게트, 견과류로 만든 디저트가 식탁 위에 한가득했다.

유제품을 먹지 않는 나를 위해 우유 대신 두유로 소스를 만드셨다는 시할머니께 감사하다고, 그리고 너무 폐를 끼친 것 같아 죄송하다고 말씀드렸다. 시할머니는 전혀 미안할 일이 아니라며 잘 먹어 달라고만 당부하셨다. 아흔이 넘은 연세에도 손자며느리를 위해 손이 많이 가는 많은 음식을 손수 차려 주신 데 감사하며 식사를 마쳤다.

주방에서 후식으로 마실 커피를 내리다가 갑자기 궁금해졌다. '두 분 다 90세가 넘은 고령이신데, 저리도 쌩쌩하게 건강을 유지하실 수 있는 비결이 뭘까?' 후식을 먹으며 시조부모님께 보통 식사는 어떻게 하시느냐고 물었다. 두 분은 보통 채식을 하지만 주에 1~2회가량 생선류나 육류 식사를 하신다고 했다. 빵은 항상 필수로 드시며 후식을 챙겨 드시는 일은 적다고 하셨다. 고령에도 건강을 유지하실 수 있는 게 어느 정도 납득되는 식단이었다. 그런데 시할아버지가 커피에 자연스럽게 우유를 부으시는 모습을 보고 당황했다. 시할아버지는 매일 이렇게 커피에 우유를 더해 마신다고 하셨다. 유제품을 끊은지 10년이 넘어가는 나는 그 사실에 어안이 벙벙해졌다.

내가 유제품을 끊은 이유는 건강상의 문제 때문이었다. 비염과 아토피로 한참 고생하던 때에 당시 교제 중이던 남자친구의 삼촌인 의사분이 내게 유제품을 끊어 보는 걸 제안했다. 유제품이 우리 몸의 염증을 악화시키는 성분을 가지고 있다는 이유에서였다.

그 전까지는 요거트를 달고 살았기에 청천벽력 같은 소리였다. 여태껏 몸에 좋은 줄 알고 챙겨 먹었던 유제품이 비염과 피부 발진을 악화시키고 있었다니. 그날 이후로 유제품을 한번 끊어 보기로 했다. 신기하게도 비염이 사라졌다. 처음으로 뻥 뚫린 두 콧구멍으로 시원하게 숨 쉴 수 있게 되었다. 이 자유가 얼마나 행복한지 주위 사람들에게도 유제품을 끊은 것을 자랑스럽게 얘기하고 다녔고 권장하기도 했다.

치즈를 사랑하는 토마스를 처음 만났을 때 나는 유제품을 먹지 않는다고 했다. 그는 적잖이 당황한 눈치였다. 하지만 토마스도 여러 매체의 기사나 블로그 글을 인터넷에서 접한 뒤 우유를 끊고 두유를 먹기 시작했다. 그렇다고 그의 치즈 사랑이 완전히 끝난 건 아니다. 요즘에도 그는 치즈를 자주 먹고 나도 비건이 되기 전에는 한 달에 한두 번은 치즈를 소량 먹을 때가 있었다. 그러나 생우유나 요거트는 일절 사지도 입에 대지도 않았다.

그래서 시할아버지의 말씀이 우리 부부를 조금 당황하게 한 건 어쩔 수 없는 일이었다. 시할아버지는 정신적으로 무척 정정하시고 홀로 산책을 나가 장을 보실 정도로 건강하시다. 우유를 매일 드시는데도 장수에 건강까지 지키고 계시다니, 내 믿음에 작은 의심이 생겼다. 그래서 집에 돌아와 우유에 관한 논란에 대해 좀 더 찾아보기로 했다.

성장이 끝난 동물 중 다른 동물의 젖을 마시는 종은 지구상에서 인간이 유일하다. 우유의 칼슘이 뼈를 튼튼하게 해준다는 주장은 이미 여러 연구 결과에서 사실이 아닌 것으로 밝혀졌다.• 또 2014년 발표된 스웨덴의 연구 결과에서는 하루에 우유를 더 마신 사람들의 사망률이 덜 마신 사람들보다 2배가량 높은 것으로 밝혀진 바 있다.•• 그런데 아직도 언론에서는 우유가 완전식품이다, 아이들 성장 발달에 좋다며 광고하고 있다. 우유 업체들의 광고가 사실이라면 시할아버지가 매일 드시는 우유가 정말로 건강을 지키는 열쇠일까?

물론 단순히 '영양가가 높다'는 우유를 마신다고 건강을 지킬 수 있는 건 아니다. 두 분은 신선한 채소와 과일을 넉넉히 드시고 날씨가 아주 좋지 않은 날 빼고는 거르는 날 없이 산책을 나가신다. 특히 시할머니는 이웃들에게 소문이 자자할 정도로 음식 솜씨가 좋아서 매일 주방에서 요리하며 지낸다고 하신다. 활동적인 일상과 건강한 식단이 두 분 건강의 비결인 것이다. 사실 두 분이 드시는 우유의 양은 아주 적다. 하루에 한두 잔 드시는 커피에 조금씩 더하는 우유 양은 아주 소량이기에 우유가 건강상 좋다, 나쁘다 결론 내리기에는 애매한 점이 있다.

설령 우유의 영양분이 아무리 좋다고 하더라도 젖소를 대규모로 키우는 농장에서는 1년 내내 젖을 짜내려고 소에게 항생제와 성장 호르몬을 투여하기도 한다. 우유 업체와 낙농업계는 우리가 섭취하는 우유에 이런 성분이 들어 있지 않다고 단언한다. 하지만 그들의 주장과 다르게, 2018년 12월 우리나라 식품의약품안전처가 원유를 대상으로 한 조사 결과 우유에서 항생제가 검출되었다. 어떤 종류의 항생제가 얼마나 많이 남아 있었는지는 공개하지도 않았다. 식약처는 시중에 유통되기 전 단계여서 소비자들에게 직접적인 피해는 없었다고 했지만, 꽤나 최근에도 이런 일이 일어나는 걸 보면 영양소가 풍부해 좋다는 말만 믿고 우유를 마실 수 없을 것 같다.

우유를 대체할 수 있는 제품이 시장에 이미 많이 나와 있다. 두유, 아몬드유, 코코넛유 등 우리는 다른 동물의 젖을 먹지 않고도 살 수 있다. 요거트 역시 식물성 재료로 만든 제품이 출시되고 있다. 다만, 이런 식품에도 맛을 극대화하기 위해 다양한 첨가물을 넣는 경우가 많다. 단맛을 더 내거나 우유의 맛을 흉내 내기 위한 특정 성분들을 더할 수 있으니 구매 전에 영양 성분표와 원재료 및 함량 확인이 필요하다.

더 건강하게 즐길 수 있는 좋은 방법이 있다. 무가당 두유(물, 콩, 소금만 든 제품)를 구매한 후 적정량의 당분을 집에서 더해 먹는 것이다. 조금만 생각을 전환하면 우리에게 익숙한 음식이더라도 얼마든지 대체할 수 있는 방법이 있다.

'최애' 요리 재료, 귀리

즉흥적 탐닉에는 대가가 따른다. 그런 사실을 잘 알고도 또다시 순간의 착각에 휘둘려 원치 않은 일을 벌이고서 후회하는 건 인간의 숙명이다. 그래서 나는 이 아침, 머리를 부여잡고 어젯밤 유혹에 넘어간 걸 반성한다.

사건의 발단은 어제저녁, 거창하게 계획했던 금요일 만찬 대신 한 주의 스트레스를 날려 주면서 단출하기가 일등인 알리오올리오로 급히 메뉴를 변경하면서 슈퍼마켓에 들른 것이 화근이었다. 여느 때처럼 하루 종일 앉아서 일했다지만 이상하리만치 허기가 졌다.

슈퍼마켓에 들어서자 곧바로 입에 넣기 간편한 음식들이 제일 먼저 눈에 들어왔다. 포도 한 송이와 짭짤한 피스타치오를 카트에 넣고 나니 뜬금없이 와인 코너로 눈이 갔다. 술을 좋아하는 편이 아니라 집에서는 알코올을 섭취하는 경우가 전무하고, 외식할 때 기분을 낸다며 맥주를 시켜도 반 컵도 못 마시고 토마스에게 넘겨주기 일쑤인데, 갑자기 와인이라니.

퇴근 직전까지 이어진 미팅 때문이었을까? 제시간에 프

로젝트를 마치지 못할까 봐 은근 스트레스를 받아 그랬을까? 기분이 영 꿀꿀했는데, 줄줄이 늘어선 와인을 보는 게 즐거워 5분 넘게 고민했다. 그 와중에 '무슨 바람이 불어 술을 찾는 거야?' 같은 내면의 목소리 따위는 들리지 않았다. 한참을 이 병, 저 병 들었다 놓기를 반복하다가 유기농 포도에 비건 제품이라는 마크가 찍힌 독일산 리슬링 와인을 집어 들었다. '피스타치오와 함께 마시면 딱이겠다'는 생각에 다급한 발걸음으로 집에 돌아왔다.

확실히 기분 전환이 필요했던 것 같다. 요리할 때는 주로 하루에 있었던 일을 곰곰이 떠올리거나 차분히 뉴스를 듣는데 어제는 문득 분위기를 내고 싶었다. 평소 듣지 않던 재즈를 재생시키고 와인을 마시며 마늘을 편 썰었다. 내 옆에서서 와인을 홀짝이는 토마스와 "주말에 뭘 할까?" 얘기하며 잔을 몇 번 부딪치다 보니 피스타치오를 안주 삼아 마시기 시작한 와인은 파스타 삶을 물이 끓기도 전에 반 병이 사라져 있었다. 파스타를 삶을 때쯤에는 이미 마음이 붕 떠서 나도 모르게 웃음이 났다.

마늘 향이 깊은 알리오올리오까지 곁들이니 술이 정말 술술 넘어갔다. 몸과 마음이 탈탈 털린 금요일 저녁에 딱 어울리는 메뉴였다. 흡족한 저녁 식사를 마치고 나니 와인 병은 이미 바닥을 보인 상태였고, 나는 밀려드는 졸음을 이기지 못해 거의 쓰러지듯 깊은 잠에 빠졌다.

일어나니 이미 아침 10시. 물을 한 컵 마시고 가만히 앉아 어젯밤을 생각했다. 나름 로맨틱했던 것 같아 배시시 웃음이 비어져 나왔다. 그러나 숙취의 서문을 알리는 두통이 곧 시작되었다. 심장이 머리에서 뛰는 듯 쿵쿵쿵 울리자 어제의 일탈이 순식간에 후회스러웠다. 여느 아침이라면 사과부터 먹고 분주히 움직였겠지만, 사과의 아삭한 식감이 딱히 끌리지 않았다. 지금 필요한 건 어제저녁 위안이 된 식사처럼 나를 따뜻하게 안아 줄 오트밀(Oatmeal)이다.

입이 깔깔하거나 속이 편편치 않을 때 딱딱한 누룽지를 푹 끓여 뜨뜻하게 먹듯이, 오트밀은 요 몇 년간 입맛 없는 아침마다 먹는 주식이 되었다. 냄비를 꺼내 귀리를 반 컵 정도 넣고 물을 한 컵 붓는다. 뭉근한 불에 천천히 끓여 내면 구수한 그 향이 온 주방에 맴돈다. 아삭한 사과를 잘게 잘라 넣고 그 위에 계핏가루를 살살 뿌리기만 하면 간단하지만 숙취에 직방인 해장 오트밀이 완성된다. 뜨거운 콩나물국을 후후 불어 먹듯 푹 퍼진 오트밀을 식혀 한 입 떠먹자 스르륵 속이 풀린다.

고소하고 부드러운 오트밀은 통귀리를 여러 번 찐 다음 눌러 말린 납작 귀리에 물이나 두유를 부어 익히기만 하면 되는 것이라 만들기도 쉽고 준비 시간도 짧다. 죽처럼 끓여 먹는 것 이외에도 귀리를 이용해 만들 수 있는 요리는 정말 다양하다.

납작 귀리 그대로

이미 쪄서 나와 그대로 먹어도 되는 납작 귀리는 바로 두유만 부어 시리얼처럼 먹어도 좋다. 납작 귀리에 건과일이나 견과류, 씨앗류 등을 더해서 섞으면 스위스식 뮤슬리(müsli)가 된다. 알알이 오래 씹을수록 뻥튀기처럼 고소한 풍미가 좋아서 제철 과일과 함께 두유 요거트에 올려 먹으면 든든한 아침 식사로 그만이다.

구수하게 볶아서

모든 곡류는 볶았을 때 진가를 발휘한다. 그중에서도 납작 귀리는 볶았을 때 은은한 냄새가 매력적인 곡류 중 하나다. 오트밀을 만들 때 시간적인 여유가 있다면 납작 귀리를 냄비에 5분 정도 볶았다가 끓여 내면 훨씬 더 맛이 좋다. 오트밀이 아니더라도 아이스크림이나 샐러드 위에 뿌려서 바삭한 느낌을 더하는 것도 볶은 귀리를 색다르게 먹는 방법이다.

뭉근한 불에 끓여서

본래 오트밀은 납작 귀리를 물이나 두유와 함께 끓여서 죽처럼 만든 음식을 칭하는 이름이다. 우리가 쌀을 죽으로 만들어 끼니로 먹는 것처럼 스코틀랜드에서 약 16세기부터 먹기 시작했다. 통귀리를 소금물에 하루 동안 불렸다가 뭉근한 불에 오래 끓여 죽으로 먹었다고 한다. 우리가 '오트밀'이라고 했을 때 떠올리는 음식이 바로 '오트밀 포리지(Oatmeal Porridge)'다. 요즘에는 이미 쪄서 나오는 납작 귀리가 있으니 두유나 물을 부어 2~3분 정도만 끓여도 흠씬 무른 죽이 된다. 귀리는 다른 곡물보다 물을 더 많이 흡수하기 때문에 우리가 먹는 죽보다는 물을 좀 더 넉넉히 부어서 만들어야 식었을 때 쉽게 뭉치지 않는다. 과일이나 땅콩버터를 올려 먹으면 더욱 맛있는 오트밀을 즐길 수 있다.

간단하게 불려서

납작 귀리를 밤새 불려 아침에 먹는 오버나이트 오트밀(Overnight Oatmeal), 축약해 '오나오'는 일반적인 오트밀과 다르게 차갑게 먹을 수 있어서 여름에 아침 식사로 제격이다. 자기 전 병목이 넓은 병이나 용기에 납작 귀리와 두유를 섞어 냉장고에 넣어 두면 다음 날 아침, 잘 불려져 부드러운 오나오가 완성된다. 등교할 때나 출근할 때 밀폐용기에 챙겨 나가 간편히 먹기도 좋다.

구워서 디저트로

밀가루 대신 귀리가루를 사용해 여러 가지 디저트를 만들 수 있다. 귀리가루는 식감이 쫀득하고 수분기가 많아서 촉촉한 머핀이나 부드럽게 씹히는 맛이 좋은 쿠키를 굽기 알맞다. 납작 귀리를 그대로 구우면 그래놀라(Granola)가 완성된다. 뮤슬리에 기름을 약간 더해 오븐에 굽는 게 정석이지만 프라이팬에 노릇노릇 구워도 바삭한 그래놀라를 충분히 즐길 수 있다.

통귀리를 밥처럼

손쉽고 간단하게 만들기는 납작 귀리가 좋지만 귀리가 가진 모든 영양소를 제대로 누리는 방법은 역시 통귀리를 불려 먹는 것이다. 껍질을 벗긴 귀리를 물에 12시간 이상 불렸다가 압력밥솥에 물을 여유 있게 붓고 소금 간을 해서 30분 이상 푹 익히면 쫀득하게 씹히는 맛이 별미인 통귀리밥이 완성된다. 이때 다른 팬에 양파와 마늘, 버섯 등을 넣고 볶은 다음 통귀리밥을 섞으면 건강한 귀리 리소토가 된다.

아침, 메뉴가 한 달 간격으로 바뀌는 토마스는, 꾸준히 귀리를 먹는 내게 지겹지 않냐고 묻기도 한다. 매일 아침을 귀리와 함께 시작하는 게 누군가에게는 지루한 반복으로 비칠 수 있지만, 내게는 오히려 포근하고 안정적인 느낌을 준다. 어느 곳에 있어도 귀리 한 봉지면 어떻게든 속 편한 식사를 할 수 있다는 기분이 참 좋다.

귀리는 구하기도 쉽고, 가격도 저렴하며, 요리하기가 까다롭지도 않다. 저녁 하기 귀찮은 날에는 오트밀을 넉넉히 만든 다음 책을 읽으며 천천히, 후후 불어 식혀 먹는다. 숙취에 시달리는 날에도, 속이 불편한 날에도 귀리는 언제나 따뜻하게 나를 안아 회복의 길로 안내한다.

고생할 걸 뻔히 알면서도 나는 아마 앞으로 몇 번은 더 같은 실수를 반복할지도 모른다. 술을 왕창 마시거나 외식을 거하게 하고서 불편한 속을 부여잡고 오트밀로의 귀환을 할 것이다. 그렇게 순간의 즐거움을 즐기고 돌아오는 나를 귀리는 몇 날이고 따뜻하게 보듬어 줄 것이다.

사람들은 왜 비건이 될까?

암스테르담에서 다녔던 회사에는 내 또래 동료들이 많았다. 점심은 항상 회사 라운지에서 함께 둘러앉아 먹는 게 우리의 관례였다. 다양한 국적의 사람들이 모여 앉아 여러 나라 음식에 관한 얘기를 많이 했다.

동유럽에서 온 동료들이 돼지고기와 양배추를 얼마나 많이 먹는지, 아시아 동료들은 매운 음식을 얼마나 사랑하는지, 남유럽 동료들은 북유럽 음식이 자기들 나라 음식에 비하면 얼마나 밋밋한지 등 선호하는 음식 스타일이나 재료 등을 공유했다. 그중 한 명의 동료가 비건이라는 사실을 우리는 한참 뒤에야 알았다.

우리는 그날 비거니즘(Veganism)에 대한 열띤 토론을 벌였다. 나는 그때만 해도 완전 채식을 하고 있지는 않았다. 하지만 이미 비거니즘에 대해 알고 있었고 줄곧 채식을 지향해 왔기에 왜 그가 그동안 자신이 비건이라는 사실을 대놓고 얘기하지 않았는지 눈치챌 수 있었다.

채식 문화가 그나마 앞서 있다는 유럽에서도 비건이라는 정체성을 쉬이 인정받기는 어려운 게 사실이다. 불과 몇 년

전 암스테르담에서 열린 비건 페스티벌에서 생고기를 물어뜯는 퍼포먼스를 벌이며 비거니즘에 반대하는 '육식주의자'도 출몰했을(!) 정도니 말이다. 또 비거니즘을 흔히 말하는 힙스터 문화처럼 일시적인 유행에 불과하다고 생각하는 사람들도 많다. 아니면 되려 심각하게 비건의 건강을 걱정하거나.

비건인 내 동료에게 비채식인 동료들이 쉬지 않고 질문을 쏟아 냈다. "단백질 섭취는 어떻게 해?" 혹은 "고기가 먹고 싶을 때가 있지 않아? 얼마나 맛있는데!" 같은 것들. 이런 질문에 조곤조곤 대답하며 비건이 된 이유를 설명하던 그의 모습을 나는 아직도 기억한다.

"고기를 먹지 않고도 충분히 영양분을 섭취할 수 있는 시대가 되었잖아. 나는 굳이 그 많은 동물을 죽여 가며 살고 싶지 않아서 비건이 되기로 한 거야."

그의 말에 전적으로 공감하고 그의 용기를 동경했지만, 내 식단은 채식과 유기농 달걀 사이 그 어딘가에 있었다. 내가 비건이 되어 돌이켜 보니, 그의 말이 딱 맞았다. 생명을 해치지 않고도 아니, 해치지 않으니 나는 더 잘 살았다. 그리고 깨달았다. 정말 용감하다고 생각했던 그의 결정이 사실은 작디작은 깨달음과 결심의 날갯짓으로 그를 비건이라는 지점에 데려다 준 것이라는 걸.

유럽은 채식 전문 식당이 즐비하고 법적으로 어느 식당

에나 채식 메뉴가 꼭 하나는 있어야 하는 곳이라 비건으로 사는 게 쉬운 편이다. 최근에는 삼겹살과 치킨이 국민 음식인 우리나라에서도 비거니즘에 대한 관심이 고조되어 어디 내놔도 손색없는 비건 전문 식당들도 곳곳에 생겼다. 심지어 편의점에서 비건을 위한 도시락을 팔기도 한다. 그러면 사람들은 왜 비건이 되기로 결심하는 걸까?

개개인마다 차이는 있겠지만, 비건이 되려는 여러 이유들을 크게 세 가지로 분류해 볼 수 있다. 동물 보호, 환경 보호, 그리고 개인 건강을 위해서다. 내 비건 동료는 동물을 보호하고자 식단을 완전 채식으로 바꾼 경우다. 미국이나 유럽과 같은 서구권 국가에서 비롯된 동물권에 대한 논의는 차차 전 세계적으로 확산되었다. 우리나라에서도 반려동물에 대한 새로운 인식과 함께 동물권은 이제 어렵지 않게 접할 수 있는 말이기도 하다. 조너선 사프란 포어가 쓴 『동물을 먹는다는 것에 대하여(Eating Animals)』에는 미국에서 닭과 소, 돼지가 길러지는 끔찍한 축산 현장과 그보다 더 형용할 수 없이 잔인한 도축 환경, 방법 등이 가감 없이 나온다. 이런 상황은 미국에 국한된 얘기가 아니다. 우리나라 축산의 실태 또한 여기서 크게 다르지 않다.

생각해 보면 우리는 우리 입에 들어오기 전까지 소, 돼지, 닭 등의 동물들이 어떻게 사는지, 뭘 먹는지 전혀 모른다.

그건 우리가 동물들을 쉽게 볼 수 없기 때문이다. 식탁에 붉은 살점이 되어 오르기 전 동물들은 어딘가 꼭꼭 숨어 있다.

식용으로 쓰일 소와 돼지는 자기 몸 하나 운신할 수 없는 좁은 사육장 안에 갇혀서 산다. 젖소에게서 우유를 얻기 위해 강제 임신을 시키고, 송아지가 태어나면 곧바로 엄마 소에게 떼어 기른다. 그런 송아지들은 빠르면 16주, 그러니까 4개월 만에 도살되거나 육우로 길러질 경우 길어 봤자 세 살이 되기 전 (보통 소는 살육당하지 않으면 20년이 넘게 산다) 최상의 맛을 위해 도축당해 우리 식탁에 오른다.

돼지는 더 일찍 도살장에 오르기도 한다. 베이컨용으로 사육한 돼지는 4개월 내로 도축하는데, 아주 어린 돼지의 고기에 기름이 더 많다는 이유로 한 달이 갓 넘은 돼지를 도축하는 경우도 있다. 누울 수도 없는 철창 안에서 스트레스를 극도로 받는 돼지는 다른 돼지를 공격하고 꼬리를 뜯기도 한다. 이를 방지하려고 갓 태어난 아기 돼지의 꼬리를 자르고 이를 뽑는다.

닭의 운명도 크게 다르지 않다. 비닐하우스 계사 안에 빽빽하게 모인 닭들이 전염병으로 수십 마리씩 죽는다. 전염병을 예방한다고 태어나면서부터 항생제가 섞인 모이를 먹으며 자라는 닭들이 수백만 마리다. 산란계의 경우에는 A4 용지 크기 정도의 닭장 안에서 평생을 갇혀 보낸다. 이 글만 읽으면 어떤 상태인지 감이 잘 오지 않을 것이다. 인터넷 검색창에 '양계장'을 입력하면 뜨는 사진을 통해 좀 더 확실히 알 수 있다. 우리가 막연히 그리던, 푸른 초지에서 한가롭게 모이를 쪼는 닭들은 환상에 불과했다는걸.

이런 사실들에 속이 메스꺼워 더 이상 이 책을 읽기 싫어졌다면 그건 이 글의 묘사 탓이 아니라, 공장식 축산과 우리 식단이 문제인 것이다.

빠르게 악화되어 가는 지구 온난화를 막기 위해서도 비거니즘은 강력한 해결책이다. 메탄가스는 이산화탄소보다 20배 더 강력한 온실가스인데, 소는 메탄가스 배출의 주범으로 이미 악명이 높다. 전 세계 약 16억 마리의 소들이 모여 한 나라를 이룬다고 가정했을 때 이 나라의 온실가스 배출량은 중국과 미국에 이어 세계 3위에 랭크되는 정도라고 한다.•

지구 전체 농지의 80%는 축산업을 위해 사용되고 있지만, 정작 동물이 우리에게 주는 열량은 전 세계 인구 기준 18%에 그친다. 1kg의 고기를 생산하기 위해 소는 10kg, 돼지는 6kg, 그리고 닭은 3~4kg의 곡물 사료가 필요하다.••

상황이 이러한데도 우리는 고기를 더 먹기 위해 더 많은 공급을 원한다. 동물을 길러 내려면 당연히 더 많은 사료를 생산해야 하니 사료를 충당하려고 무분별하게 산림이나 열대림을 파괴하고 경작지를 일군다. 이런 경작지 중 대표적인 곳이 브라질의 케라도 지역이다. 이곳은 원래 다종다양한 식물이 자라던 땅이었으나 돼지의 사료로 쓰이는 작물인 대두를 심기 위해 기존의 식물 대부분을 불태워 경작지를 만들었다. 어마어마한 크기의 땅을 오로지 동물을 키우는 데만 사용하고 있는 것이다. 우리가 고기 섭취를 줄이고 따라서 축산업의 규모도 줄게 되면 아프리카 대륙 크기만 한 땅을 아껴 다양한 종류의 채소 및 과일 재배에 이용할 수 있다.

마지막으로 건강을 염려해 비건을 결심하는 사람들도 있다. 채식이 심혈관 질환이나, 뇌졸중, 당뇨, 암 등에 좋은 영향을 준다는 건 이미 많은 사람들이 알고 있다. 앞서 말했지만, 나는 각종 면역 질환을 달고 살았는데, 건강을 위해 유제품부터 끊었고, 서서히 비건이 되었다.

내 경험을 구태여 다시 밝히지 않더라도 수많은 항생제와 성장촉진제를 맞고 자란 동물의 고기와 그 부산물을 먹으면 건강에 좋을 리가 없을 것이다. 남의 눈에 눈물 나게 하면 제 눈에는 피눈물이 난다고, 더 많은 동물들을 고통받게 할수록 그들과 함께 살아가는 우리도 똑같이 혹은 배로 힘들 수밖에 없다.

고백하건대, 그저 나 한 몸 잘 살고 싶어서, 건강하고 싶어서 채식을 시작했다. 동물의 권리나 환경을 먼저 생각해 채식을 결심한 사람들과 스스로를 비교해서 '얕은 비건'이라고 생각한 적이 있다. 눈에 열기를 띠고 온 마음으로 비건식을 옹호할 만큼 뜨겁지 않아서 나는 참 이기적인 비건이라고도 생각했다. 그런데 비건이라는 이름이 익숙해지고 나니 이해가 되었다. 우리는 모두 연결되어 있고, 내가 잘 사는 길이 동물이 행복한 길이며, 환경이 편안한 길이라는 걸. 온전히 나를 위해 비건이 되었지만 나는 이제 나와 내 주변 모든 것들이 지구 순환계의 한 부분이라는 걸 안다.

비건이 되기 전, 알아 둘 것들

나도 내가 채식을 하게 될 줄은 몰랐다. 어쩌다 보니 채식의 길을 걷고는 있지만, '어쩌다 보니'라는 말에는 나 자신에게 던진 수많은 질문과 반문이 담겨 있다. 나는 반성과 고심을 재차 한 후에야 큰 결심이 섰다. 그리고 그 결심 후에도 끝없이 시행착오를 겪으며 비건의 삶을 다져 나가고 있다. 그러니, 내가 하고 먹는 것들은 채식의 예시이지 표본이 될 수는 없다.

장기화된 팬데믹으로 재택근무를 하게 된 우리 회사 동료들은 요즘 집에서 직접 밥을 해 먹고 서로 사진과 요리법을 나누는 데 한창 열이 올라 있다. 집에 머무는 시간이 많아져 생활에 색다른 활력을 불어넣고자 해서 그런지 몰라도 부쩍 비건 요리법에 대해 이것저것 물어보는 동료들도 많아졌다. 완전 채식을 실천해 보겠다고 결심한 동료가 이번 달만 해도 벌써 둘이나 된다. 그들이 내게 물어본 질문 중 하나가 "비건이 되기 전에 알아 둘 것들이 뭐야?"였다. 마치 고공낙하 체험을 하기 전에 모든 장비를 일일이 체크하는 것 같은 질문이지만, 한 번도 가 본 적 없는 곳을 가려고 할 때는, 한 걸음 내

딛기가 어려운 것이라서 내가 채식하며 느낀 점들을 대답으로 갈음했다.

맹신은 금물, 채식은 만병통치약이 아니다.

건강 관리차 채식을 시작하려는 사람들이라면 꼭 기억하자. 채식이 건강에 좋은 건 백번 맞다. 수많은 연구 결과들뿐만 아니라 내가 겪은 몸과 마음의 변화들로도 충분히 증명할 수 있다. 하지만 동물성 식품을 먹지 않는다고 해서 모든 건강 관련 문제들이 즉시 사라질 것이라고 생각하지 않았으면 한다. 먹는 것뿐 아니라 식습관 자체를 바꿔야 건강한 채식을 할 수 있다.

감자튀김도, 시중에 파는 대다수의 과자도 식물성 식품이다. 채식 라면도 나오는 요즘, 다양한 채식 가공식품을 구매해서 식단을 꾸리기 쉽다. 하지만 채소와 과일, 통곡물을 먹지 않는다면 채식을 한다 해도 득을 보기 어렵다. 건강을 위해서 시작하는 채식이라면 가공식품을 피하고 신선한 재료를 먹으려고 노력해야 한다.

단순히 채소와 과일이 몸에 더 좋기 때문만은 아니다. 채식 가공식품은 맛을 더 강하게 하기 위해 설탕, 소금을 과다하게 넣거나 식품 첨가제를 불필요하게 넣었을 수도 있다. 그래서 채식을 할 때는 내 모든 생활 습관을 바꾼다고 생각하는 게 좋다. 그렇지 않으면 쉽고 빠르게 먹을 수 있는 가공식품의 늪에서 빠져나오기 어렵다.

동료 중 한 명이 빵에 발라 먹을 수 있는 비건 스프레드를 추천해 달라고 했다. 비건 크림치즈부터 채소 스프레드까지 다양한 시판 제품들이 있지만, 나는 그런 제품을 사 먹는 일이 드물어서 대신 내가 집에서 만들어 먹는 캐슈너트 '크림치즈' 요리법을 알려 주었다(138쪽 '비건 콥 샐러드' 참조). 며칠 후 동료는 슈퍼마켓에서 사는 것만큼이나 만들기도 무척 간단했다며 고소한 캐슈너트의 맛이 좋아 빵에, 샐러드에 맨날 곁들여 먹는다고 후기를 전해 왔다.

그렇게 하나둘씩 집에서 해 먹는 채식 요리가 늘수록 건강이 좋아질 수 있다고 나는 믿는다.

치즈는 치즈고 고기는 고기다.

비건이 되기 전 내가 의아스레 생각한 점이 있다. 바로 대체육을 먹는 채식주의자들이었다. "아니, 고기를 안 먹을 거면 아예 먹지 말지, 왜 밀고기니 콩고기니 구태여 고기 모양이나 맛을 따라 만든 가공식품을 먹는 거야? 고기를 도저히 끊지 못하겠다면 계속 먹던 대로 먹고, 아니면 그냥 콩이나 두부를 먹으면 되는 거 아냐?" 채식을 한다면 으레 자연스럽게 먹어야 한다고 생각해서 내가 보기에는 억지스럽기만

한 대체육을 찾는 그 모습이 부자연스럽고 이중적으로 느껴졌다.

토마스는 나처럼 비건은 아니지만, 내가 만든 채식 요리를 누구보다 맛있게 먹는다. 그는 내가 채식하는 걸 응원하면서도 내 비건식 '치즈'는 치즈가 아니라고 분명하게 말한다. 그 말을 듣고 서운하거나 슬프지 않았다. 나 또한 캐슈너트와 해바라기씨 등 견과류와 영양 효모를 섞어 만드는 요리가 치즈와 같지 않다는 걸 잘 알고 있기 때문이다. 하지만 내가 그런 요리를 만드는 이유는 치즈가 아쉬워서가 아니라 다양한 방법으로 요리하기 위해서다. 비건이 되지 않았다면 캐슈너트를 갈아서 요리에 쓸 생각은 못 해 봤을 것이다.

병아리콩가루와 검은 소금을 섞어 달걀을 대신하고, 손수 밀'고기'를 만들면서 나는 달걀이나 고기의 맛을 애써 좇지 않는다. 오히려 새로우면서도 내 혀에 편안한 맛을 찾으려고 한다. 비린내가 나는 달걀이나 핏물이 흥건한 고기 대신 병아리콩을 넣은 고소하고 담백한 비건 오믈렛을 만들면 뭔가 새로운 요리를 발견한 기분이다. 된장을 섞어 넣은 밀고기에 고추장과 토마토 양념을 곁들여 볶으면 전혀 몰랐던 감칠맛에 푹 빠지게 된다. 완전 채식을 시작하려고 한다면 '맛의 발견'에 초점을 맞추는 것이 좋다. 그러면 남들은 모르는 나만의 입맛 팔레트가 생긴다.

새로이 보이는 가치들이 많아진다.

회사 워크숍에서 중요하게 여기는 삶의 가치를 나열해 보고 순위를 매기는 활동을 한 적이 있다. 그 순위를 따라 살아가다 보면 어느 때보다 삶의 동력을 얻을 수 있고, 더 큰 보람을 맛볼 수 있다는 것이 활동의 취지였다.

자산, 가족, 모험, 예술, 자아 등 수많은 가치들 중 나는 '건강'을 목록 제일 꼭대기에 거침없이 썼다. 대다수의 동료들이 인생을 돌아보며 먼 산을 쳐다보는 사이, 나는 너무나 쉽게 내 가치들의 순위를 적어 냈다.

건강을 제일 중요하게 여기는 이유는 어디가 크게 아파서였다기보다, 건강하지 않았을 때 겪었던 사소한 듯 끈질긴 불편함이 끔찍하게도 싫어서였다. 얼굴에 솟아오르는 두드러기부터 간지러운 손가락 사이, 더부룩한 속, 축 처지는 기분까지 뭔가 잘못 먹었을 때 딸려 오는 불편함이 내 삶의 방해물이었다. 건강해지기만을 바라며 비건이 되었는데 그 후 다른 가치들이 속속 보이기 시작했다.

처음은 환경이었다. 우리의 생활 방식 하나하나가 이 지구에 얼마나 큰 영향을 미치는지 생각해 보니 끝도 없었다. 미국의 스탠드업 코미디언이 이런 말을 했다. "인간 따위가 지구의 앞날을 걱정한다니, 당치도 않는 말입니다. 지구는, 45억 년을 넘게 존재한 지구는 훼손되는 게 아니라 훼손하는 겁니다. 인간 존재를 언제든지 쓸어 없앨 수 있다고 무언의 압박을 주는 거지요." 빙하가 녹아 굶어 죽어 가는 북극곰, 플라스틱 쓰레기를 먹는 거북이를 내 눈앞에 들이대며 어깃장을 놓는 지구에게 '내가 다 잘못했소'라고 두 손 들고 사죄할 수밖에 없을 것 같았다.

그다음으로 동물의 권리가 시야에 들어왔다. 내 입의 즐거움을 위해 죽어야 하는 동물들을 생각하니 점점 고기 먹기가 힘들었다. 우연히 어느 국립 공원의 방목식 돼지우리를 방문하고서의 일이다. 돼지우리 안에는 넓은 들판과 진흙탕이 있었고, 울타리 높이는 딱 돼지의 키만 했다. 울타리 곳곳에 빗이 걸려 있어서 사람들이 돼지의 털을 빗길 수 있었다. 내가 살살 털을 빗겨 주니 눈을 지그시 감던 돼지의 평온한 얼굴을 보고 온 그날, 삼겹살 같은 음식을 떠올리자 이건 아니다 싶었다. 아무리 친환경 방목 농장에서 잘 먹고 잘 산 동물이라고 해도 죽음 앞에서는 두려운 게 당연할 것이었다. 고기를 먹지 않겠다고 결심하고서 동물원, 수족관에 이따금 가던 발길도 끊었다. 그런 공간의 존재 이유에 회의가 들었기 때문이다. 자연의 동물을 가둬 놓고 그들의 삶을 사람들에게 전시하는 행태가 지극히 인간중심적이라고 느껴졌다. 더는 갇힌 동물들을 보기가 불편했다.

처음에는 한 가지 가치를 보고 시작한 비건 생활 목록에 더 많은 가치들이 추가되었다.

예전의 나를 잃고 새로운 나를 얻는다.

유럽에 살면서 적응하기 어려웠던 게 허브였다. 바질은 어떻게 먹겠는데 생파슬리, 딜, 세이지 등 처음 접하는 풀의 맛이 너무 강했다.

토마스의 부모님 댁에 처음 방문했을 때, 시엄마가 "파슬리 좋아해?"라고 물어보시는데 차마 "파슬리는 별로예요"라고 말할 수 없어서 "있으면 먹어요"라고 했다. 그런데 웬걸, 그날 저녁 생파슬리를 잘게 썰어 넣은 파스타 샐러드를 만들어 주신 것이다. '그냥 못 먹는다고 할걸.' 향이 센 샐러드를 꾸역꾸역 먹으면서 생각했다. '다들 이 허브를 어떻게 좋아할 수 있지?'

그러나 차차 나도 허브의 맛을 알게 되고 새로운 입맛을 갖게 되었다. 세이지는 올리브유에 살짝 튀기듯 구워서 호박요리에 곁들이면 한 끗 차이로 요리의 풍미를 더해 주었고, 화장품 맛이 난다며 싫어하던 고수는 없으면 못 살 정도로 사랑하게 되었다. 파슬리는 토마토가 들어간 따뜻한 채소 수프에 넣어서 익혀 먹으면 무척 맛있다는 걸 알았다. 허브의 장벽을 깨고 나자 자신감이 생겼다. 입맛이 넓어지니 내 삶의 반경도 조금 넓어진 느낌이 들었다.

향신료의 세계에도 눈을 떴다. 예전에 채소 요리를 해 먹을 때는 익숙한 조미료인 간장, 된장, 참기름, 고춧가루 등으로만 맛을 내서 먹었었는데, 채식을 하고 비로소 맛을 낼 수 있는 선택지가 무궁무진하다는 걸 배웠다. 이름도 처음 들어 보는 '암추르(Amchoor. 그린망고를 잘라 말린 가루)', '라스 알 하눗(Ras el Haout. 북아프리카에서 많이 먹는 향신료 믹스)', '수막(Sumac. 아프리카에서 자라는 옻나무 열매의 가루)' 등 다양한 향신료를 접하면서 다른 나라의 식문화에 대한 이해도 높여 갔다.

여러 나라에서 나고 자란 우리 팀 동료들과 한층 가까워지는 데도 채식을 하는 게 정말 큰 몫을 했다. 인도식 향신료인 힝(Hing)과 가람 마살라(Garam Masala)를 사용해 커리를 만들었다며 인도에서 온 동료에게 자랑하기도 하고, 말린 라임에 대한 얘기를 시작으로 중동 지역 동료와 그 지역의 요리에 대해 한참을 떠들기도 했다. 나는 채식을 하고서 내가 전부라고 알고 있던 식(食)세계에서 벗어나 더 많은 사람과 소통할 수 있는 능력을 얻었다.

비건이 된 후, 나는 조금 더 성장했고, 조금은 더 새로운 사람이 되었다.

나와 비슷한 곳에 서 있을지도 모를 당신에게

사회생활을 하다 보면 이름 대신에 직업이나 직함으로 불릴 때가 많다. 건축가 아무개, 사회운동가 아무개, 김 대리, 이 팀장. 때로는 그런 호칭이 잡다하게 붙는 경우도 있다. 교수 겸 작가 아무개, 차장 겸 마케팅 실장 아무개.

나는 이름을 대신하려 드는 호칭이 참 갑갑하다. 과거, 현재, 미래 어느 지점에 나를 두더라도 내 이름 석 자로만 불리면 좋겠다. 예전에 아이들을 가르친 경험이 있는데, 내 이름 뒤에 '선생님'이 붙으니 어색하다 못해 겸연쩍어서 들을 때마다 어디론가 숨고 싶었다. 내가 뭐라고 선생님 소리를 들을 자격이 있을까 싶었다. 선생님이라는 호칭을 더 자주 들을수록, 그리고 내 귀에 이름 대신 그 호칭이 더 익숙해질수록 누군가 나를 네모진 액자 안에 가두는 듯한 기분이었다. "자, 넌 이제 '선생님'이라는 그림이 되는 거야" 하고. 나는 하나의 그림으로만 살 자신이 없다. 그저 물줄기를 따라 흐르는 물처럼 어딘가에 얽매이지 않고 살고 싶다.

남들에게 나를 채식주의자라고 소개하기가 그래서 더 어려웠다. 남들이 '너는 고기 안 먹으니까 채식주의자'라고 이름 붙이기 전에 나 스스로 결심하고 받아들여야 했다. 사실 누구도 내가 뭘 먹는지 별 관심이 없으니까, 내가 알려주지 않으면 궁금해하지도 않으니까 '채식주의자'라는 이름은 누가 나를 그렇게 불러서 수동적으로 인정한 게 아니라, 내가 먼저 자처한 것이나 다름없다. 스스로 지원해 입사한 회사에서 내 직함으로 불리는 것도 이따금 남사스러운데, 왜 나는 굳이 채식주의자로 불리는 삶을 택한 걸까.

하루아침에 채식을 하겠다고 결심하고 고기에 눈길도 한 번 주지 않는 채식주의자들이 있다. 나는 그 똑 부러지는 결단력과 확실한 목적성을 존경한다. 한 번도 그런 강한 신념을 가져 본 적 없어서 하나의 목표를 가지고 무소의 뿔처럼 앞으로 나아가는 사람들을 보면 신기할 따름이다. 세상만사에 궁금한 점이 많은 나는 뭐 하나 믿고 따르는 게 어렵다. 뭘 하든 일단 '왜'로 시작하는 질문부터 떠오르고, 그에 대한 답의 실마리를 찾아야지 어느 정도 마음을 주고 일을 진척시킬 수 있다. 당연히 답을 찾으려면 시간이 오래 걸린다. 남들은 척 하고 할 수 있는 일도 나는 단박에 확신이 없어서 질질 끌다가 한참 뒤에야 시작할 수 있다.

도중에 방향 틀기도 내 특기다. 계획한 일을 실행하는 중에도 질문이 멈추지 않는다. 그러다 어느 순간 질문에 대한 답이 내가 원한 것이나 예상한 것과 다름을 깨달으면 더 이상 그 일을 할 수가 없다. 종착점에 도착하기도 전에 연료가 떨어져 고속도로 갓길에 멈춰 선 차처럼, 나는 조용히 한구석으로 물러나 여태 달려온 길과 앞으로 가야 할 길을 비교하고 분석하고 다시 질문하며 다음 방향과 연료를 구할 방법을 모색한다. 지금 내 삶은 대부분 갑작스럽게 좌회전하기도 하고 유턴도 하면서 돌고 돌아 닿은 곳이다.

믿음도 부족하고 의심이 많은 나 같은 사람이 비건으로 살기까지 10여 년이 걸렸고 그 사이 수많은 간이역이 있었다. 그렇게 오랜 시간 우왕좌왕하면서도 멈추지 않았던 건 오직 '건강하자'는 의지 하나로 뭣도 모르고 시작해서 가능한 일이었다. 만약 처음부터 '나는 비건이 되겠어'라고 마음먹었다면 못 했을 것이다.

이 길을 걷다 보면 채식을 향한 타인들의 선입견이 가로막기도 한다. 내면의 갈등을 넘고 나면 여태 지내 오며 번번이 마주한 사회의 시선과 또다시 맞닥뜨린다. "채식하면 영양 결핍이 와", "철분이 부족해서 픽픽 쓰러져", "사람은 고기를 먹도록 진화한 거야" 같은. 채식 위주의 식사를 하면서도 일주일에 한두 번쯤은 꼭 닭고기를 먹어야 안심되던 날들이 있었다. 적어도 달걀이라도 먹어 줘야 부족함 없이 현명하게, 그리고 순리에 맞게 살 수 있을 것 같았다. 그때만 해도 순전히 내 건강 때문에 시작한 채식이라 육식에 대한 큰 거부감이 없었다. 고기를 먹는 건 너무나 자연스럽고 당연한 일이었으니까.

고기를 식사에서 완전히 제외했다고 공언해도 내가 먹는 것에 참견하는 사람들은 늘 존재한다. "고기를 먹어야 건강하지", "힘내는 데는 고기만 한 게 없지", "복날인데 닭 한 마리 해야지", "양고기가 몸에 그렇게 좋대"라며 한마디씩 내 식사에 얹는 말을 듣다 보면 결의가 약해지기도 한다. 밥상을 나누는 다른 사람들과 동화하기 위해 '오늘은 고기 조금만 먹어 볼까?' 같은 예외적인 선택을 할 수도 있다.

장대처럼 내 주장을 꿋꿋이 세우고 나가지 않는다고 해서 실패한 건 아니다. 채식 쪽으로 마음이 기울어 뭐라도 해 보려고 한다면, 예를 들어 오늘 점심으로 먹은 것들이 어디에서 왔는지 궁금해하고, 채소 요리도 한번 만들어 보기 시작했다면 이미 채식의 시작점에 온 것이다. 조금 오래 걸린다고 해도 조급해하지 않을 마음, 가끔은 경로 이탈을 해도 계속 나아갈 의지만 있다면 당신은 이미 채식인이다. 우리는 이 길을 함께 걷는 것이다.

물론 당신이 꼭 채식인이 될 필요는 없다. 그러니 압박감이나 혼란스러움을 느끼지 않았으면 좋겠다. 모두가 한 가지 신념을 가지고 살 수는 없다. 그리고 우리 사회는 이미 너무나 많은 지표를 따르기를 요구하기 때문에 당신의 식단마저 강요받지 않기를 바란다. 다만 당신이 지구의 평화로운 내

일을 희망하는 사람이라면 주말 점심에 비건 전문 식당을 가 보는 것도 작지만 의미 있는 기여고 좋은 시도가 될 것이다.

눈앞에 펼쳐진 바다를 즐기기 위해 꼭 저 멀리 수평선까지 수영해야 할 이유는 없다. 얕은 물에 찰박찰박 발만 담가 봐도 바다가 얼마나 시원하고 상쾌한지, 파도는 또 얼마나 잔잔히 내 발을 휘감는지 알 수 있다.

Yuri's Recipe

간단하고 든든한 한 끼 비건 요리

연두부밥

터키식 가지요리 '술탄의 가지'

비건 통밀빵

비건 콥 샐러드

대추야자 오트밀

블루베리를 넣어 구운 귀리

Yuri's Recipe 1

연두부밥

요리법이 번거롭지 않아서 퇴근 후에 혹은 주말 점심에 간단하게 만들기 좋은 요리예요. 보들보들한 연두부와 알알이 씹히는 맛이 좋은 현미밥을 함께 먹을 수 있어서 든든하죠. 고소한 아보카도를 올려 맛까지 완벽하게 챙길 수 있어요. 혹시나 지구 반대편에서 날아오는 아보카도가 환경에 미치는 영향이 걱정된다면, 볶은 애호박이나 집에 있는 간단한 채소 반찬을 올려 먹어도 좋답니다.

Ingredients

찬밥 1공기, 순두부 80g, 아보카도 1/2개, 새싹 채소 한 줌 소스 간장 1큰술, 잘게 썬 매운 고추 1큰술, 다진 마늘 1/2작은술, 식초 1작은술, 참기름 2큰술, 참깨 1큰술

How to make

1 찬밥을 따뜻하게 데운다. 이때, 전자레인지를 써도 되지만 냄비에 물을 약간 부어 찬밥을 넣고 데우면 갓 지은 밥과 비슷한 느낌이 난다.
2 순두부는 먹을 만큼 따로 그릇에 담아 끓는 물을 부어 놓는다.
3 소스 재료를 섞어 놓는다.
4 데운 밥을 그릇에 담고 그 위에 물을 따라 버린 순두부를 올린다.
5 아보카도를 잘라 4 위에 올리고, 새싹 채소도 곁들인다.
6 밥에 소스를 뿌려 먹는다.

Yuri's Recipe 2

터키식 가지요리 '술탄의 가지'

터키에 가 본 적은 없어요. 코로나 바이러스가 전 세계를 뒤흔들기 직전, 터키행 비행기 티켓을 끊어 놓고 계획을 짜던 참이었죠. 결국 꿈에 차서 지불했던 돈은 고스란히 통장으로 되돌아왔고, 아쉬운 마음에 터키의 분위기가 물씬 느껴지는 이 가지요리를 해 먹어요. 만들기는 간단한데 무척 근사해 보이는 요리랍니다. 현미밥을 곁들여도 좋지만 바스마티쌀이나 재스민쌀로 밥을 지어도 맛있고, 얇은 빵을 찢어서 그 위에 가지를 올려 먹어도 맛있어요.

Ingredients

가지 3~4개, 양파 3개, 참기름 2큰술 소스 식초 5큰술, 올리브유 2큰술, 계핏가루 1작은술, 강황가루 1/2작은술, 커민가루 1/2작은술, 소금 1작은술, 무정제 설탕 3작은술, 견과류 혹은 씨앗류 100g, 잘게 썬 고수잎 약간

How to make

1 가지를 4~6등분으로 길게 썬 뒤 찜기에 25분간 찐다.
2 양파는 잘게 썰어 참기름을 두른 팬에 10분 이상 오래 볶는다.
3 견과류를 절구에 쪄 잘게 부수고, 소스 재료를 더해 잘 섞는다.
4 잘 익은 양파 위에 가지를 올리고 소스를 뿌려 밥이나 빵과 먹는다.

Yuri's Recipe 3

비건 통밀빵

마음 가는 대로 요리하는 편이라 재료 양을 정확히 지켜야 하는 제빵을 어려워했는데, 수많은 빵을 만들어 보면서 드디어 눈대중으로도 빵을 만들 수 있는 경지에 다다른 것 같아요. 빵 만드는 두려움을 없애 준 가장 고마운 요리법이 바로 이 초간단 비건 통밀빵이죠. 비법은 바로 빵 반죽의 질감을 보는 것. 물이 더 필요한지 밀가루가 더 필요한지는 반죽을 섞어 가면서 그때그때 확인해요.

Ingredients

통밀가루 500g, 소금 4g, 따뜻한 물 480ml(물 온도는 새끼손가락을 넣었을 때 10초가량 거뜬히 참을 수 있을 만큼 따뜻한 정도), 건조 효모 혹은 드라이 이스트 9~11g, 설탕 혹은 시럽 8g

How to make

1 오븐을 180도로 예열한다.
2 따뜻한 물에 건조 효모와 설탕을 넣고 효모가 살아날 때까지 5분간 기다린다. 효모가 살아나면 물 표면에 자잘한 거품이 올라오고 맥주 향과 비슷한 향이 난다.
3 밀가루에 소금을 더한 뒤 2를 붓고 잘 섞어 반죽한다. 반죽은 20분 정도 휴지하면 좋다.
4 반죽을 틀에 넣고 예열된 오븐에 40분간 굽는다.

Yuri's Recipe 4

비건 콥 샐러드

유제품이 없이는 부드럽고 고소한 크림을 즐기지 못할 것 같지만 캐슈너트를 이용해서 더 건강하고 맛있는 만능 크림을 만들어 먹을 수 있어요. 이 콥 샐러드는 브런치에 곁들이기 좋고, 손님을 초대한 식사 자리에서 전식으로 먹기도 정말 좋아요. 두부튀김 대신 병아리콩을 써도 되고 튀김옷을 따로 준비하고 싶지 않다면 그냥 간을 한 두부를 프라이팬 위에 노릇노릇 구워서 써도 된답니다.

Ingredients

양상추 1/2개, 양송이버섯 6개, 두부 100g, 아보카도 1/2개, 방울토마토 8개, 간장 1큰술 두부튀김옷 콘프레이크 2큰술, 파프리카가루 1/4작은술, 강황가루 1/4작은술, 마늘가루 1/4작은술, 양파가루 1작은술, 소금 1/3작은술, 후추 약간 캐슈 랜치 드레싱 생캐슈너트 50g, 메이플시럽 1큰술 혹은 대추야자 1개, 마늘가루 1/4작은술, 양파가루 1/4작은술, 레몬즙 2큰술, 소금 1/4작은술, 후추 약간, 각종 허브류(바질, 타임, 오레가노 등)

How to make

1 양상추를 깨끗이 씻은 후 물기를 제거해 한 입 크기로 썬다. 드레싱에 사용할 캐슈너트는 따뜻한 물에 15분간 불려 둔다.
2 버섯은 적당한 크기로 썬 뒤 강불에서 기름과 후추만 두르고 노릇노릇 굽다가 마지막에 간장을 둘러 1분간 볶는다.
3 절구에 두부튀김옷 재료를 넣고 잘게 부순다.
4 두부를 한 입 크기로 썬 뒤 3을 입혀 기름을 두른 팬 위에서 앞뒤로 5분씩 노릇노릇 굽는다.
5 방울토마토와 아보카도를 한 입 크기로 썰고, 두부튀김과 함께 샐러드 위에 올린다.
6 믹서에 캐슈 랜치 드레싱 재료를 넣고 곱게 간다.
7 샐러드에 드레싱을 듬뿍 뿌려 먹는다.

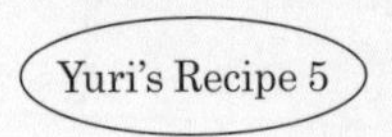

대추야자 오트밀

아침은 든든하게 먹어야죠. 밥, 국, 반찬을 준비하는 번거로움은 덜면서 시리얼에 우유 부어 먹는 것보다 훨씬 건강한 이 초간단 오트밀은 딱 5분만 있으면 된답니다. 저는 거의 매일 아침을 오트밀로 먹고 있는데요. 추가로 넣는 재료만 바꿔 다양하게 먹고 있어요. 대추야자는 칼륨, 마그네슘, 망간 등 영양소가 풍부하고 특유의 단맛이 있어서 설탕 대신 훨씬 건강하게 즐길 수 있어요. 참, 아마씨는 꼭 갈아서 드세요! 통아마씨는 체내에서 소화가 잘 되지 않기에 영양분이 다 흡수되지 않는다고 해요.

Ingredients

납작 귀리 40~50g, 소금 약간, 대추야자 3개, 끓는 물 적당량, 바닐라 엑스트랙트 1/4작은술, 식물성 우유(두유, 코코넛유 등) 300ml, 간 아마씨 10g, 치아씨 10g, 생코코아가루 약간, 땅콩버터 약간, 견과류 약간, 과일 약간

How to make

1. 그릇에 납작 귀리, 소금, 그리고 대추야자를 잘게 썰어 넣는다.
2. 1에 막 끓인 물을 귀리가 잠길 정도로만 넣고 3분간 기다린다.
3. 귀리가 물을 다 흡수하면 바닐라 엑스트랙트, 간 아마씨, 치아씨를 넣는다.
4. 3에 식물성 우유를 넣고 취향껏 생코코아가루, 땅콩버터, 견과류, 과일 등을 올려 먹는다.

블루베리를 넣어 구운 귀리

다가올 한 주가 너무 바쁠 것 같을 때, 주말에 미리 만들어 놓고 출근길에 챙겨 먹는 메뉴예요. 기름도 설탕도 쓰지 않아 건강하고, 보관이 용이해서 커피 한 잔을 곁들여 한 조각 큼직하게 먹기 좋아요. 구운 귀리는 어떤 재료를 더하냐에 따라 천차만별로 다양하게 만들 수 있어요. 블루베리 대신 제철 과일을 넣어도 OK.

Ingredients

통납작 귀리 180g, 간 아마씨 14g, 물 90ml, 치아씨 85g, 소금 3g, 대추야자 15개 혹은 건과일류 110g, 베이킹파우더 5g, 바닐라 엑스트랙트 1작은술, 두유 600ml 선택 재료 블루베리 혹은 다른 과일류 200g, 코코넛가루 약간, 으깬 바나나 125g, 견과류 혹은 씨앗류 50g, 계핏가루 약간

How to make

1 간 아마씨에 물을 넣어 따로 준비해 둔다.
2 오븐용 용기에 통납작 귀리, 치아씨, 소금, 대추야자, 베이킹파우더, 바닐라 엑스트랙트를 넣는다.
3 2에 두유와 1을 넣는다.
4 모든 기본 재료를 잘 섞은 후 선택 재료를 취향껏 넣는다.
5 180도로 예열된 오븐에서 35~40분간 구운 뒤 꺼내 30분 이상 완전히 식힌다.
6 큼직큼직 잘라서 요거트나 두유 라테를 곁들여 먹는다.

3. 단호함과 유연함, 그 사이

혹시 고기 얘기, 듣기 거북해?

독일 요리 중 가장 유명한 슈니첼(Schnitzel)을 닭고기로 만드는지 아니면 돼지고기로 만드는지에서 시작된 친구들과의 대화는 어느덧 고기에 양념이 잘 배어들게 할 수 있는 방법이 무엇인지로 이어지는 중이었다.

"그러니까, 돼지고기를 이렇게 팡팡 쳐서 얇게 저민 다음에 소금 간을 하는 거야."

"돼지고기 하니까 코리안 바비큐 생각난다. 양념이 진짜 환상적인데!"

"맞아, 그거 어떻게 만드는 거야? 간장 넣고 또 뭐 들어가?"

양파, 마늘, 대파 등을 손질해 넣고 키위나 배같이 부드럽고 달큼한 과일을 갈아서 단맛을 내는 게 한국 바비큐 양념의 비법이라고 막 말하려는데, 친구의 얼굴이 금세 화들짝 놀란 상이 되었다.

"아, 미안해. 너 채식하는 거 잠시 까먹었어! 고기 얘기해서 미안…. 혹시 듣기 거북해?"

이상하게도 잘 저민 고기를 익히는 '치익치익' 소리가 귓가에 울렸다. 그리고 돼지의 살덩이를 익히는 상상보다도 명치를 막는 듯한 그 질문이 나는 더 거북했다. 채식을 하는 나는 더 이상 고기 얘기를 할 수 없는 걸까?

평생 고기를 먹어 왔고, 고기를 즐기기도 했던 나는 처음부터 그 맛 자체가 싫은 게 아니었다. 시작은 내 건강 때문이었지만, 고기 뒤에 숨겨진 동물의 고통과 때 이른 죽음을 외면할 수 없게 되어 고기를 먹지 않겠다는 선택을 한 것이다.

한 번은 비건 친구와 함께 고기를 주제로 한참을 떠든 적이 있었다. 그녀는 고기 자체가 싫다고 했다. 살점에 들러붙은 비계, 뼈 사이의 물컹한 연골, 선명하게 보이는 핏줄과 근육, 그 모든 게 싫어서 고기가 그리운 적이 없다고 했다. 나는 당시에 완전 채식을 하지 않았기에 그녀의 묘사가 과장되었다고 생각했다. 어떻게 그 맛이 싫을 수 있을까? 그녀가 거짓말을 하고 있다고 믿었다.

축산업계의 행악질에 대해 더 많이 알게 되고 채식을 하는 날이 더 많아지면서 나는 점차 그녀의 말에 동의할 수밖에 없었다. 어느 순간부터 고기 특유의 냄새가 강하게 느껴지고, 맛있는 음식이라기보다 남의 살점이라는 생각이 더 커졌다. 하루가 지나 식은 고기에서 풍기는 그 비릿한, 죽은 것들에게서 나는 냄새가 못 견딜 정도로 힘들어졌다. 이토록 고기가 내게 음식 이상의 어떤 의미가 된 것이 놀라웠다. 채식의 길에 천천히 들어서면서 또한 가장 신기했던 건, 막상 고기가 그립지 않다는 점이었다.

하지만 내가 고기를 먹고 싶지 않고 그립지 않다고 해서 사람들과 고기 얘기를 할 수 없는 건 아니다. 채식인이면 고기 먹는 얘기에 아예 낄 수도 없는 걸까? 고기 먹는 얘기가 거북하지 않냐는 친구의 질문에는 나를 배려하는 마음이 담겨 있다는 것도 알지만, 내가 채식한다는 사실이 강경한 종교인처럼 보이는 것 같아 불편했다. 마치 채식을 종교적 고행이나 고강도의 체력훈련 비슷하게 여기는 것만 같아 안타까웠다. 종종 채식이나 건강한 식사와 관련한 글을 블로그에 올리는데, 어느 독자분이 남긴 댓글이 인상 깊어 아직도 기억한다. 채식을 한다고 하면 열혈 '운동권'처럼 보이는 것 같아 여간 힘들지 않다는 것이었다.

나는 고행이나 금욕을 목적으로 채식을 시작한 것이 아니다. 더 건강하게, 평온하고 행복하게 살기 위해서 채식을 시작했다. 그리고 나는 사람들과 음식 얘기 나누는 걸 정말 좋아한다. 다양한 문화의 다채로운 요리 방법, 재료, 식사법 등이 우리를 단단하게 묶어 주는 하나의 끈 역할을 한다고 생각하기 때문이다. 그 모든 요리에 대해-여기에는 갖가지 고기 요리도 포함된다-얘기할 수 없다면, 그건 고기를 먹지 않는 것보다 더 큰 곤욕일 것이다.

고기를 먹는 건 죄악이고 채식을 하는 건 선행인 것처럼 비치는 이 고정관념은 대체 어디서 비롯된 걸까. 채식하는 사람은 의식이 깨어 있으며 이타적이고, 육식하는 사람은 무지하고 이기적이라는 생각은 채식인들뿐 아니라 비채식인들에게도 무의식적인 불편함을 준다. 그래서 친구도 내게 고기 얘기를 하는 게 거북하지 않냐고, 이런 '나쁜' 행위를 우리가 대놓고 얘기하는 게 '고결한' 너 채식인의 귀에 거슬리지 않냐고 물었나 보다.

나는 고결하지도 거창한 목적이 있지도 않은, 그저 채식을 선택한 사람일 뿐이다. 짠맛과 단맛이 적절히 섞여야 맛있는 갈비 양념이 된다는 걸 잘 알지만, 그 양념에 누인 살덩어리의 삶과 죽음에 공감하고 연민하고 싶은 것이지, 어떤 선택만이 유일하고 지고지결한 것이라 생각하지 않는다. 뭘 먹을 건지 우리 각자가 선택한 방향에 대해 좀 더 자유롭고 진솔하게 소통할 수 있기를 바랄 뿐이다.

집밥 먹는 즐거움

바르셀로나 근교 발비드레라(Vallvidrera)에 토마스의 부모님이 산다. 내가 1년 중 가장 기대되는 때가 시부모님인 세실리아와 세르지를 뵈러 스페인으로 떠나는 연말이다. 토마스와 연애하고 처음 이곳에 왔을 때 나는 운명처럼 토마스의 엄마 세실리아와 사랑에 빠졌다. 세실리아는 따뜻하고 넓은 마음을 가졌고, 천방지축 소녀 같은 구석이 있는, 내가 무척 닮고 싶은 분이다. 그리고 무엇보다 함께 끊임없이 먹는 얘기를 할 수 있는 좋은 친구다. 그 첫 만남 이후로 나는 토마스와 내가 앞으로 오랫동안 함께 지낼 사이라는 걸 예감했다.

나와 세실리아가 발비드레라산길을 산책할 때, 나란히 앉아 책을 읽을 때, 혹은 그녀는 스도쿠를 풀고 나는 블로그에 글을 쓰고 있는 순간에도 우리는 먹는 얘기를 멈추지 못한다. 우리 대화의 8할은 각자 집에서 만든 음식 얘기다. 내가 만든 비트 수프 요리법부터 그녀가 만든 모과 디저트까지 새로운 집밥 얘기를 늘어놓는다. 나는 저녁밥을 먹으면서 "이건 어떻게 만들어요?", "여긴 뭐가 들어간 거예요?" 물어보는 게 다반사다. 잠자코 대화를 듣고 있던 토마스가 빙글빙글 웃으며 묻는다. "우리, 먹으면서 먹는 얘기해?" 그러면 나와 세실리아가 동시에 깔깔거린다. "우리가 또 먹는 얘기하고 있었나?" 하며.

세실리아가 만드는 모든 요리는 맛있다. 재료 하나하나 맛이 살아 있고, 사려 깊은 마음이 들어가 있는 게 느껴진다. 세실리아가 요리하며 흥얼거리는 소리를 들으면 나는 거실에서 책을 읽다가도 쪼르르 달려가 도와드릴 건 없는지 묻는다. 우리는 같이 재료를 다듬고, 썰고, 저으며 또다시 먹는 얘기를 나눈다. 양파를 뭉근한 불에 졸이는 냄새와 갓 볶은 참깨 냄새가 어우러지는 주방 안이 나는 어느 곳보다 편안하다. 훈김 나는 요리가 담긴 고운 접시들이 식탁 이곳저곳을 채우면 식사 시간 시작이다. 내가 가장, 그리고 세실리아가 가장 행복한 먹는 시간이다.

가족을 위해 밥을 한다는 것, 흔한 일이라지만 매일 다른 방법으로 요리하고 새로운 것을 시도하기란 만만치 않다. 그런데도 세실리아는 그 안에서 즐거움을 찾는다. 생소한 재료로 요리하는 것도 서슴지 않는다. 내가 재료끼리의 색다른 조화를 고민할 때나 새로운 요리법에 갸우뚱할 때 그녀는 내게 말한다. "모든 일엔 처음이 있는 법이야. 하다 보면 어렵지 않아." 그래서 우리는 함께 시도하고 거기서 배운다. 토마스와 나만을 위해 밥을 하면서도 가끔 버거워할 때가 있는 나로서는 세실리아의 주방에서 보내는 날들이 재충전의 시간으로 느껴진다. 그리고 다시 집밥 하는 즐거움을 찾는다.

세실리아는 토마스 다음으로 든든한 지원군이다. 내가 블로그에 '라면'에 대한 글을 올릴지 말지 고민할 때도 그랬다. 나는 라면 뒤에 숨은 얘기들을 가감 없이 쓰고 싶었다. 내 바람은, 더 많은 사람들이 '국민 음식'이라는 타이틀에 가려진 라면의 진실을 좀 더 알게 되는 것이었다. 하지만 막상 글을 쓰면서 '내가 뭐라고 이런 얘기를 하나?' 싶었다. 누군가의 눈살을 찌푸리게 할 만큼 지나치게 비판적으로 보이지는 않을까 전전긍긍하기도 했다. 이런 내 모습을 본 세실리아는 "정말 하고 싶은 얘기를 하라"고 했다. 겁먹지 말고 해 보라고. 누구든 라면에 대해 알고 싶고 건강한 식사에 관심이 있다면 읽을 것이고, 고마워할 것이라고. 그리고 그녀는 이렇게 외쳤다. "Sin Miedo(두려워하지 말고)!" 이 스페인어 표현은, 세실리아가 어느 때고 자주 하는 말이기도 하다.

세실리아는 타국에서 새롭게 만난 그야말로 내 '엄마'다. 내가 어떤 음식을 가리는지, 요즘 아침으로 뭘 잘 먹는지 세심히 물어봐 준다. 한 번은 막 시부모님 댁에 도착해 짐을 풀고 있던 나를 세실리아가 주방으로 안내했다. 그리고 선반 한편에서 유리병을 꺼내 보였다. "유리, 김치를 만들어 보았어." 그녀만의 방식으로 만든, 담근 지 3일 된 김치가 유리병 안에 담겨 있었다. 배추 대신 양배추로 담근 김치에서는, 생강 향이 은은했고 발효가 되었는지 벌써 톡 쏘는 냄새가 났다. 텁텁했던 입안에 침이 고이고 입가에 미소가 번졌다. 식사 시간까지 기다릴 수 없어서 곧바로 한 접시 담아 맛보았다. 엄지손가락을 치켜드는 나를 보고 세실리아도 웃었다. 나를 위해 처음 김치를 담근 세실리아는 이제는 김치 맛에 홀딱 반해 김치를 자주 담근다.

세실리아가 준비한 집밥을 먹으며 나는 슬금슬금 솟아오르는 나에 대한 의심과 자책감을 눌러 담는다. 그리고 먹는 얘기로 꽃을 피우며 다시 한 번 왜 요리하는지를 깨닫는다. "우리, 또 먹는 얘기하고 있었나?" 하고 깔깔 웃는 그 기쁨으로 지금 하고 있는 일들을 더 잘 해 보자 다짐한다. 건강하고 행복하게 살기 위해 그리고 더 맛있게 먹기 위해 요리해야지.

지치지 않으면서 채식하려면

꿈을 꾸었다. 둥그런 식탁에 빈틈없이 빽빽하게 놓인 반찬 접시들, 가운데 놓인 구이판. 그 위에서 지글지글 익어 가고 있는 살점들, 연기 자욱한 식당 안. 익어 가는 고기를 쳐다보는 나. 나는 젓가락을 손에 쥐고 입맛을 다시고 있다. 그다음, 상추를 손에 얹고 쌈을 쌀 준비를 하는 내 모습에 소스라치게 놀라 잠에서 깼다.

쌈장까지 척 올린 쌈을 입으로 가져가는 순간이었다. 고기가 입에 들어가기도 전에 깼으니, 꿈속의 내가 고기를 정말 맛있게 먹었는지 아니면 우물거리다 그제야 살점의 감촉을 느끼고 곧 뱉었는지는 모를 일이었다. 정신을 차려 보니 입가에 침 흘린 자국이 있었다. 정말 맛있다고 생각한 거구나. 내가 아는 누군가가 죽는 악몽을 꾼 것보다 더 찝찝했다.

하루 종일 꿈속 내 모습이 떠올랐다. “꿈의 해석은 우리의 무의식을 이해하는 왕도”라던 프로이트의 말처럼 이 꿈이 무의식의 내가 원하는 걸 암시하는 것이라면, 현실의 나는 스스로에게 잘못된 주문을 걸고 있는 게 아닐까? 괜히 ‘비건’이라는 이름 안에 나를 가두고 간절히 고기 먹고 싶은 마음을 부정하고 있는 걸까? 평소에는 비교적 구체적으로 떠올리고는 하는 채식을 시작한 이유들이 머릿속을 더 복잡하게 했다. 가끔 나도 고기가 먹고 싶을 수 있지 않나? 그렇다면, 그냥 먹어도 되지 않을까?

공교롭게도 내 주변 환경은 고기를 먹기에 그야말로 완벽한 조건을 갖추고 있다. 내가 살고 있는 독일 동남부 지역은 특히나 소시지와 독일식 돈가스인 슈니첼이 유명한 바이에른주다. 토요일 아침이면 정육점 앞에 줄이 길게 늘어서고, 길거리에는 두툼한 빵 사이에 소와 돼지의 살을 곱게 갈아 햄처럼 만든 레버케제(Leberkäse)를 먹으며 지나가는 사람들도 쉽게 볼 수 있다. 먹으려고만 하면 어디서든 고기는 쉽게 먹을 수 있다.

그렇지만 나는 고기를 먹지 않는다. 이건 내 선택이면서 내가 스스로 정하고 따르는 어떤 규율이 되었다. 스스로 선택한 규율의 맹점은, 그 규율이 내가 원하는 결과를 돌려주지 않더라도 계속 맹신하고 좀처럼 거기서 벗어나기 어렵다는 것이다. 그 신념을 깨부술 만한 어떤 계기가 있지 않고서야 그 행동의 준칙이 어떤 영향을 미치는지 객관적으로 돌아보고 재정립하기가 생각보다 어려운 일이다.

그래서 이 찜찜한 꿈이 어쩌면 그 규율을 뒤흔드는 계기가 아닐까 두려웠다. 채식이 나를 옭아매고 있었다면, 그것도 모르고 헛된 주문만을 외우고 있었다면 얼마나 슬픈 일인가. 치익 하고 익는 살점을 내려다보며 입맛을 다시던 꿈속 내 모습이 다시 눈앞에 떠올랐다.

비건으로 살 것인지 고민하던 즈음, '유동적으로 사고하지 못하는 완고한 사람이 되는 건 아니겠지?' 하고 지레 염려하기도 했다. 무조건 채식만이 옳다고 주장하며 육식을 하면 무지몽매하고 잔인한 사람으로 보는 것. 동물성 제품은 하늘이 두 쪽 나더라도 조금도 입에 대서는 안 되는 것. 남에게 그런 잣대를 들이대는 편협한 채식주의자가 되지 않기 위해 노력했는데, 어쩔 때는 나 스스로 족쇄에 옭아맨 듯하다고도 느껴졌다.

채식주의자인 회사 동료와 고기를 먹는 것에 대해 얘기한 적이 있다. 그녀는 페스코 베지테리언인데, 어릴 때부터 채식을 해 온 덕에 친구들 중에 채식하는 사람들이 많다고 했다. 그중 동료의 한 비건 친구는 부모님 댁에 갈 때는 육식을 해야 한다며 '고기 먹는 비건'이라고 동료는 웃었다. 그 친구는 가족 중 유일하게 채식을 하는데, 부모님이 모두 고기를 좋아하는 탓에 연휴에 고향에 가면 내키지 않아도 고기를 먹을 수밖에 없다고 했다.

김이 모락모락 나는 고기 요리, 식탁을 둘러싼 가족들의 미소를 보면서 동료의 비건 친구는 어떤 마음으로 고기를 먹었을지 직접 만나 얘기를 나누고 싶었다. 혹시 죄책감이 들었을까, 불편했을까, 아니면 소중한 가족들과 간만에 함께 식사를 한다는 생각에 즐거웠을까. 어쩌면 꿈속의 나처럼 입맛을 다셨을 수도 있겠다. 그리고 정말 맛있게 고기를 먹었을 수도 있겠다.

잘 알려진 비건 유명인이 고기를 먹다가 들켜서 사람들의 지탄을 받았다든가, 인기 있는 가수나 배우가 비건을 선언했다가 그만두고 "건강이 안 좋아서 고기를 먹을 수밖에 없었어요"라고 한탄하듯 탈(脫)채식을 고백한 기사들을 읽었다. 이런 기사를 인용하며 유명한 채식인들을 비판하는, 또 다른 채식인들의 블로그 글이나 칼럼도 읽었다. 워낙 대중적으로 알려진 사람들과 관련한 기사인 점도 간과할 수는 없지만, 특히 '비건'을 다루는 기사는 빠르게 입소문을 타고 논란거리가 된다. 그건 '비건'이라는 이름 자체가 사회적으로 주목되는 것이기 때문이다.

비건은 음식에서뿐만 아니라 일상에서 하는 모든 소비 행위에서 동물성 제품을 배제한 삶을 살고자 한다. 그런데 한편으로는 비건이라는 '이름표'에 매몰되어 석가모니처럼 완전무결한 생활을 해야 한다는 묘한 중압감이 생긴다. 그러면 간혹 고기를 먹는 행위가 실패나 배반으로 여겨지고, 고기가 먹고 싶다는 생각 자체가 마치 죄악처럼 느껴지는 것이다.

내가 고기를 '정말' 먹고 싶은 건지 확인할 수 있는 방법이 하나 있다. 바로 고기를 마주하는 것. 슈퍼마켓 정육점 코너 앞에 서서 꽤 오랫동안 한 번도 눈길을 준 적 없는 불그죽죽한 살점들을 내려다본다. 크게 숨을 들이켜며 짙은 비린내를 맡는다. 꿈속의 내가 어떤 마음이었는지 몰라도, 지금 내 눈앞에 펼쳐진 광경은, 내 콧속을 메우는 냄새는 입안에 침을 고이게 하지 않는다. 오직 이 유리로 덮인 진열대 안에는 내가 먹고 싶은 게 하나도 없다는 사실만이 분명하다.

그렇다고 내가 평생 고기를 먹지 않을 수 있을까? 확실한 대답은 '아니요'다. 현실이든 꿈이든, 자발적이든 혹은 어쩔 수 없는 상황에서든 고기 혹은 동물성 식품을 먹을 수도 있다. 혹여 그랬다고 해서 죄책감에 시달리며 스스로를 심하게 다그치는 것도 아니라고 생각한다. 스스로를 채식인, 채식주의자, 비건이라고 소개할 수 있는 전제 조건은 그 이름이 담고 있는 의미를 알고, 존중하고, 공감할 수 있다는 사실이다. 그거면 충분하다.

당신이 지금 채식을 지향하고 있다면, 우리는 '완벽한 비건 선발대회' 참가자들이 아니라는 점을 기억해 줬으면 좋겠다. 채식인, 채식주의자, 비건이라는 이름은 자신이 나아가려는 삶의 방향을 묘사하는 대표어야지, 꿈에서조차 불편하게 자신을 구속하는 낙인이 된다면 즐겁고 건강한 채식 생활을 지속할 수 없다. 이 좋은 채식을 더 많은 사람들이, 좀 더 자주, 좀 더 오래도록 하는 게 스스로에게도, 동물들에게도, 환경에게도 더 중요하다.

그 꿈은 다음 날에도, 그다음 날에도 다시 이어지지 않았다. 나는 여전히 고기를 먹지 않는다. 정말 고기가 먹고 싶은 날이 온다면 고기를 먹을 수도 있다. 혹은 지금처럼 앞으로도 쭉 고기를 먹지 않을 수도 있다. 하지만 나는 늘 내 선택을 존중하면서도 의문하는 행복한 비건으로 살아가고 싶다.

의사 선생님, 저 괜찮은 건가요?

뮌헨 중앙역부터 내분비학과가 있는 병원까지는 트램으로도 꽤 멀었다. 책을 펴 놓고도 창밖을 내다봤다가 핸드폰을 꺼냈다가 통 집중할 수가 없었다. 완전 채식을 시작한 지 거의 2년 만에 처음 한 혈액 검사 결과를 들으러 가는 길이었다. 비건이 된 후 그간 느껴 온 온갖 좋은 점들을 머릿속에 나열해 보았다. 그런데 검사 결과가 어떻게 나올지 사실 너무나 두려웠다. 건강하기 위해 시작한 완전 채식이 사실 내 몸에 맞지 않았다면 어떡하지? 채식을 그만둬야 하는 건가? 의사 선생님이 고기를 꼭 챙겨 먹으라고 하면 어떡하지? 30분 가까이 달리는 트램 안에서 생각이 많았다.

병원에 도착해 검진 접수를 했다. 검사 결과만 들으러 온 날이니 오래 기다리지 않고 곧 의사 선생님의 부름에 진료실로 들어갔다. 머쓱하게 의사 선생님을 대하고 앉아 어색한 웃음을 지었다. 심장이 쿵쾅쿵쾅 세차게 뛰었다.

지금으로부터 3달 전, 나는 혈액 검사를 받으려고 같은 진료실에 앉아 있었다. 의사 선생님은 검사를 통해 확인할 수 있는 다양한 무기질과 비타민 목록을 보여 주며 특별히 알고 싶은 수치가 있다면 검사를 추가할 수 있다고 했다. 독일 건강 보험이 제공하는 기본 목록 이외에 나는 채식인에게 부족하기 쉬운 비타민 B12와 비타민 D 등의 수치를 알고 싶어서 추가로 돈을 내고 검사를 받았다. 채식을 시작하고서 몸무게를 재 본 적이 없었는데 오랜만에 몸무게도 쟀다. 혈압은 여전히 낮은 편이라는 말을 들었고, 피를 꽤 많이 뽑았다. 간호사가 능숙하게 뽑아내는 검붉은 피가 주사기 안에 차오르는 것을 보며 내 혈액이 건강한 상태이기를 바랐다.

검사를 받고서 돌아오는 길에 왠지 모르게 걱정이 커졌다. 괜히 약국에 가서 비타민 보충제를 샀다. 지금 먹는다고 검사 결과가 달라지지 않을 것인데도 말이다. 비타민 B 복합체가 든 보충제도 사고 비타민 D와 비타민 K가 함께 든 스포이드제도 샀다.

워낙 건강을 챙기는 편이지만 보충제를 먹는 건 익숙하지 않았다. 내 몸에 필요한 걸 자연스럽게 먹는 것으로 얻고 싶은 마음이 컸기에 아침마다 보충제를 챙겨 먹기가 망설여졌다. 건강한 몸에 보충제까지 더하면 영양 과잉으로 안 먹느니만 못할까 싶으면서도 막상 검사 결과가 나오는 날이 다가올수록 보충제를 더 열심히 먹었다.

또 검사 결과를 기다리는 사이 비타민과 무기질에 대해서도 공부했다. 비타민 B12 외에 일곱 가지 종류의 비타민 B

가 더 있는데, 우리 몸에 에너지를 줄 뿐만 아니라 감정 조절과 세포 생성, 면역력과 피부 건강에도 꼭 필요하다. 비타민 D는 우리가 햇볕을 쬘 때 자연스럽게 몸에서 생성되는데, 유럽의 날씨 특성상 유럽 인구의 절반이 비타민 D 결핍이라고 한다. 그래서 일조량이 풍부한 남미나 아시아 사람들이 유럽에 와 결핍될 수 있는 게 이 비타민 D다. 비타민 D는 특히 뼈에 중요하다. 비타민 K와 함께 칼슘의 체내 흡수율을 높여 주기 때문이다. 비타민 K는 케일, 시금치, 브로콜리, 아스파라거스, 키위 등 짙은 초록색 채소와 과일에 많이 들어 있다고 한다. 나는 매일 이런 채소를 먹고 있지만 그래도 부족할까 싶어 남미에서 온 동료가 추천해 준 비타민 K를 함께 먹기도 했다.

의사 선생님은 그동안 어떻게 지냈냐는 안부 인사도 없었다. 무뚝뚝하다 못해 조금은 차갑기까지 한 독일식 진료 스타일이 나를 더 불안하게 했다. 마우스로 손을 옮겨 내 이름이 적힌 검사 파일을 여는 그의 손을 바라보면서 조심스럽게 물었다.

"선생님, 저… 괜찮은 건가요?"

"수치는 다 좋네요."

모니터 화면 스크롤을 올렸다 내리며 검사 결과를 훑어가는 그의 손을 잡고 울고 싶었다. 정말 다행이라서. 이 순간이 오기 전에는 몰랐지만 엄청 긴장했었는지 갑자기 어깨가 축 늘어지는 것 같았다. 의사 선생님은 수치 하나하나를 보여 주면서 검사 결과를 상세하게 설명했다. 걱정했던 비타민 B12 수치도 정상이었고, 비타민 D, 마그네슘, 칼슘 수치 모두 정상이었다. 하지만 철분이 약간 부족하다며 내게 철분이 첨가된 주스를 마시라고 했다. "그러면 철분제를 사서 먹는 게 낫지 않을까요?" 물었는데 의사 선생님은 그 정도까지는 아니니 가끔 주스만 마셔도 충분하다고 나를 안심시켰다.

검사 결과를 듣고 사무실로 복귀하는 발걸음이 사뭇 가벼웠다. 그동안 괜한 걱정을 했다 싶어 스스로가 조금 우습기도 하고 한편으로는 으쓱해졌다. '채식을 오래 하면 몸에 좋지 않다', '치즈나 달걀 정도는 먹어 줘야 한다' 등 걱정 어린 충고를 해 준 동료들에게 채소만 먹어도 부족한 게 없다고 당당하게 얘기해 주고 싶었다. 약국에 들러 철분 주스를 살까 하다가 대신 핸드폰으로 '철분이 많은 음식'을 검색했다. 내가 생각하지도 못했던 많은 식재료에 철분이 가득했다.

두부, 두유, 렌틸콩, 감자, 토마토, 수박, 말린 자두, 캐슈너트, 잣, 그리고 내가 자주 먹는 귀리에도 철분이 들어 있었다. 일단 철분 주스를 따로 먹지 않고 자연스럽게 평소에 먹는 음식으로 채워 보기로 했다. 그리고 철분과 비타민 C를 함께 섭취하는 것이 중요하다기에 식전에 레몬 물을 마시기 시작했다.

얼마 전에는 태어나 처음으로 헌혈도 했다. 비건이 되기 전에는 혈색소 수치가 너무 낮아서 늘 안 된다고 거절당하던 일이었다. 조금이라도 더 건강한 피를 나누기 위해 헌혈하기 일주일 전부터 철분이 많이 든 식재료를 일부러 챙겨 먹고 물도 충분히 마셨다.

채혈하시는 분께 왼쪽 팔을 내주고 열심히 주먹을 쥐었다 펴며 주변을 둘러보았다. 내 양옆에 있던 다른 헌혈자들과 눈이 마주치자 옅게 웃으며 인사했다. 그 짧은 순간 생명으로 이어진 빛이 가득했다. 체구도 눈 색깔도 다른 우리는 모두 연결되어 있었다. 내 것이 나간 자리에 그보다 더 따뜻한 뭔가가 다시 차오르는 듯했다.

비건과 논비건이 함께 사는 법

몬터규가(家)와 캐풀렛가, 원수 사이인 두 가문에서 태어난 로미오와 줄리엣은 이루지 못할 사랑을 꿈꾸었다. 두 사람의 사랑 얘기가 그토록 절절하게 다가오는 건, 각자의 몸에 흐르는 핏줄을 바꾸지 않는 이상 이승에서는 함께할 수 없는 둘의 운명이 안타까워서다. 책이나 영화를 보지 않았더라도 익히 알고 있는 슬픈 결말. 그런 결말을 우리는 이미 알고 있을지언정 둘이 함께 지낼 수 있기를 늘 소망한다. 우리의 바람대로 그들이 죽지 않고 결혼해(원작에서처럼, 불장난과 같은 비밀 결혼식이 아니라) 결혼 생활을 이어 나갈 수 있었다면 어떨까. 비로소 연애의 낭만은 사라지고 결혼의 현실이 펼쳐지지 않을까. 줄리엣을 위해서라면 몬터규 가문도 버리겠다던 로미오는, 막상 아내가 된 줄리엣의 일가 행사에 참석할 생각은 아예 하지도 않을 것이다.

좀 더 상상력을 발휘해, 만약 둘이 앙숙 관계 가문에서 나고 자랐다는 것을 전혀 모른 채 부부가 되었다면 어떨까. 어느 날 아침 식사 도중 줄리엣이 "로미오, 내가 캐풀렛가의 여자래요! 우리 이제 어떡하죠?"라고 했다면. 이에 로미오는 내 가문도 버리고 당신을 끝없이 사랑하겠다고 할까, 아니면 당신과 더 이상 겸상을 못 하겠다며 자리를 박차고 떠나 버릴까. 로미오의 선택을 알 수는 없지만, 이런 상황을 현대로 고스란히 가져 온다면 과장을 보태, 비건과 논비건(Non-Vegan)의 결혼 생활일지도 모르겠다.

내가 비건이 되겠다고 했을 때 다행히 토마스는 자리를 박차고 떠나지는 않았다. 나는 그와 만난 이후 몇 년에 걸쳐 서서히 완전 채식으로 식단을 바꿨고, 채식을 다룬 영상물, 서적, 논문, 각종 기사를 나눠 읽으며 조금씩 내 안의 변화를 그에게 귀띔했다. 뜬금없이 '비건이 되겠다'는 뉴스로 우리의 결혼 생활에 횡포(?)를 놓는다고 생각하지 않도록 비건으로 이행하는 사고 과정과 근거들을 모조리 터놓고 얘기했다. 채식에 대한 연구 결과가 새로 나왔다는 기사를 읽으면 연구 지원이 비건 단체나 채식 관련 기업에서 나오지는 않았는지, 어떤 방법으로, 얼마만큼의 규모로, 얼마나 오랜 기간 연구해 이뤄진 결과인지 함께 꼼꼼히 살펴보았다.

동물 복지를 주제로 한 다큐멘터리를 보고서는 실제로 우리가 사 먹어 온 달걀과 육류가 어떤 환경에서 오는 건지 찾아보기도 했다. 『로미오와 줄리엣』에서처럼 눈물을 훔치는 장면은 우리 둘에게 없었다. 드라마틱한 전개 없이 계획한 듯 착착, 우리는 채식의 세계로 차근차근 발을 들여놓았다.

그렇다고 토마스한테 로미오처럼 나를 열렬하게 사랑하는 마음으로 너도 비건이 되어 달라고 부탁한 적은 단 한 번도 없다. 처음부터 나는 확실히 선을 그었다. 네 식단은 네 것이고, 내 식단은 내 것이다. 고기가 먹고 싶다면 고기를 먹어라. 치즈를 먹고 싶다면 치즈를 먹어라. 다만, 나는 먹지 않을 것이다.

이런 제안이 토마스를 낚을 수 있었던 구멍이 아주 큰 그물이 아니었나 싶다. 토마스 생각에는 '아, 나는 자유롭다. 내 식단 역시 자유롭다!' 했겠지만, 따지고 보면 우리가 만드는 모든 식사는 비건식이니 내가 그를 제대로 낚은 격이다. 매일 우리는 번갈아 요리를 한다. 그러면 토마스가 1년 중 거의 2백 번에 가까운 식사를 준비하는 셈이다. 그 모든 식사는 비건 요리다. 토마스의 주특기 요리인 압력밥솥을 이용한 초간단 버섯 리소토, 카탈루냐인의 후손답게 애정하는 코카 카탈라네(Coca Catalane), 호기심에 시도했다가 대박을 쳐서 매주 만들고 있는 두부 티카 마살라(Tikka Masala) 등 그가 하는 요리에는 동물성 재료가 하나도 들어가지 않는다. 그렇다고 내가 매번 요리법을 지정해 주는 것도 아니다. 매주 식단을 짜는 토요일 아침, 토마스는 스스로 요리법을 찾아보고 "다음 주 수요일에는 인도네시아식 비건 국수를 만들어 볼게"라며 요리법이 올라와 있는 웹사이트 링크를 내게 보내온다. 그럴 때면 그의 얼굴은 사뭇 진지하고 임무를 성취하겠다는 열의에 불타 있다. 내가 필요한 재료를 사다 주기만 하면 요리를 해 내는 건 토마스의 몫이다.

처음 보는 이웃들에게 "나는 비건이야"라고 얘기하면 다들 하나같이 내 옆에 있는 토마스에게 "아, 그럼 너도 비건이겠네?"라고 묻는다. 그러면 우리 둘은 합창하듯 "아니"라고 대답한다. 거기에 양념을 조금 더 추가하는 건 내 몫이다. 남들의 눈에 혹시나 내가 그를 옭아매고 있다는 인상을 주지는 않을까 싶어 변명 비슷한 설명을 주렁주렁 덧붙인다.

"토마스는 먹고 싶은 거 아무거나 다 먹어도 돼. 외식하는 날은 닭을 먹기도 하고, 달걀도 먹고, 치즈 샌드위치도 먹고…. 나 때문에 제한하는 거 없이 알아서 잘 먹어. 그리고 내가 채식을 강요한다고 해서 되는 일도 아니니까. 말이 길어지는데 정말 중요한 건…."

비건과 논비건이 함께 사는 일은 딱 세 가지 원칙만 지키면 생각보다 쉽다.

첫째, 서로의 영역을 존중해 주면 된다. 나는 토마스에게 떼쓰듯 '제발 고기를 먹지 말아 달라'고 요구하지 않고, 토마스 역시 내게 '제발 고기 한 번만 먹어 달라'고 부탁하지 않는다. 너와 나는 다른 사람이니까, 한 지붕 아래 살더라도 각자 뭘 먹건(쓰레기를 주워 먹지 않는 이상!) 우리는 서로의 식단에 대해 왈가왈부하지 않는다.

둘째, 존중을 넘어서 배려가 필요하다. 장을 볼 때 나는 그가 자주 먹는 치즈를 잊지 않고 구매하고, 그는 나를 위해 비건 요리를 만든다. 나는 먹성 좋은 토마스가 채소가 가득 든 수프만 먹고 배가 고프지는 않을까 싶어 빵을 구워 준비해 놓고, 간식으로 견과류도 챙겨 둔다. 토마스는 내가 매콤한 걸 좋아하니 자기 구미에 맞지 않더라도 요리에 매운 고추를 송송 썰어 넣거나 내가 좋아하는 현미밥을 찰지게 지어 놓는 등 사소하지만 사려 싶은 행동을 보여 준다.

셋째, 때때로 인내하면 된다. 토요일 아침은 토마스에게 특별하다. 주중에 누릴 수 없었던 여유로운 시간에 그는 평소보다 조금 거창한 아침을 먹는 걸 즐긴다. 특히 치즈와 토마토를 넣은 오믈렛을 만들어 토스트 위에 올려 먹는 걸 좋아한다. 매일 아침이 한결같이 오트밀인 나는, 후다닥 준비를 끝내고 토마스와 함께 주말의 시작을 브런치로 소소하게나마 축하한다. 다만, 식사를 다 마친 뒤 주방에서 나는 비릿한 달걀 냄새는 내게 너무 역하다. 아침 햇살이 가득 들이치는 주방 안에서 나는 '참을 인'을 마음속에 긋는다. 그리고 생각한다. 아마 토마스도 나처럼 몇 번씩이나 비슷한 순간을 참아냈을 것이라고.

때때로 당황스러운 순간도 있다. 그가 대뜸 "난 비건은 아니지만 채식을 해"라는 발언을 했을 때였다. 우리는 친구들과 저녁 식사를 하는 중이었고 의도치 않게 내가 그를 쏘아보듯 쳐다보았다. 채식을? 네가? 불과 2주 전에 치킨 카레를 사다 먹었고, 분명 몇 달 전 스페인에서 하몬(Jamón) 샌드위치를 몇 개씩이나 흡입했는데?

친구들이 집에 돌아가자마자 그에게 던진 질문은 "언제부터 채식주의자가 된 거야?"였다.

"우리 채식하잖아."

나는 어안이 벙벙해 그의 얼굴을 빤히 쳐다보았다.

"고기를 먹으면 채식하는 게 아니지…."

"그래도 우리는 거의 채식만 하잖아. 고기는 가끔 먹는 거고. 그러니까 나도 채식주의자지."

그가 당당하게 말했다. 두 가지 색 물감을 한데 풀어 놓은 것처럼 머릿속이 뒤엉켰다. 여태껏 '나는 채식, 너는 육식' 선을 그어 놓았는데, 내 영역을 그가 차지하려고 하는 느낌이 들었달까. 그런데 반박도 할 수 없었다. 그의 말도 맞았다. 채식인이든 육식인이든 그건 자기가 생각하기 나름이다. 전체 식사의 8할 이상은 완전 채식을 하는 토마스가 가끔 고기를 먹는다고 해서 완전히 육식인이라고 치부하는 건 좀 사기 같았다. 토마스는 공장식 축산이 환경에 미치는 영향을 우려해 육식을 최소한으로 줄이고 채식하는 걸 더 마음 편히 생각한다. 이런 마음가짐 말고 채식인이 되는 데 다른 어떤 이유가 더 필요할까. 고기 안 먹는 나와 가끔 고기 먹는 토마스는 그래서 '어물쩡 채식인'이라는 울타리 안에서 별 탈 없이 함께 잘 산다.

핏줄 다른 로미오와 줄리엣도 결혼해서 살다 보면 아마 이렇게 깨닫는 순간이 있을 것이다. 몬터규건 캐풀렛이건 이름이 뭐가 그리 중요할까. 사실 너나 나나 우리는 붉은 피를 가지고 있고, 한 공간에서 살아가는데. 가문이나 식단은 굳건한 사랑이 있는 한 문제가 되지 않는다는 걸.

4. 식탁의 변화, 삶의 변화

지극히 개인적인 비건 간증기

오랜만에 암스테르담에서 네덜란드 친구들과 만났다. 독일에서 비행기로 고작 1시간 남짓한 거리인데도 막상 방문하려니 큰마음을 먹어야 했다. 그래도 반가운 친구들 얼굴을 보자마자 휴가를 쓰고라도 온 게 참 잘했다는 생각이 들었다.

친구들에게 그간의 일들을 전하며 비건이 되었다고 얘기했다. 친구들은 내가 본격적으로 완전 채식하는 모습을 본 적이 없다. 비건식을 시작한 이후에도 그들에게 '나 이제 비건이야!'라고 밝힌 적이 없었다. 친구들은 내가 채식 전문 식당을 은근슬쩍 제안할 때부터 알아봤다며 '언제', '왜', '어떻게' 등의 의문사로 시작하는 질문을 쏟아 냈다. "살이 좀 빠진 거 같네? 그치?" 그 사이 한 친구가 살 빼려고 채식을 하냐고 물었다.

완전 채식을 하고 난 뒤 내 몸과 마음에 여러 변화가 왔다. 왜 채식을 하느냐는 질문 뒤에 잇따르는 질문이, 채식을 하면 어떤 점이 좋냐는 것이다. 특히 이런 질문은 주로 채식을 망설이고 있거나 완전 채식은 아니더라도 한 주에 한두 끼쯤 고기 없이 식단을 꾸리고자 하는 사람들이 많이 한다. 나도 채식을 시작하기 전에 이런저런 걱정이 많았기에 그 마음을 충분히 이해한다.

나는 체중 감량을 바라고 채식을 시작한 건 절대 아니다. 그리고 살이 빠지는 건 채식의 장점이 아니라 오히려 주의할 점일지도 모른다. 고지방 고단백의 고기를 끊으면 하루에 섭취하는 열량이 낮아지기 쉽고 그래서 더더욱 영양소를 고려해야 하고 잘 챙겨 먹어야 한다. '채식=체중 감량'으로 이해하고 채식을 시작한다면 오래 이어 나가기 어렵다. 나는 채식이 다이어트의 한 방법이 아닌 삶의 방식을 바꾸는 생활 태도와 마음가짐이라고 생각한다.

내가 채식하며 겪고 느낀 정말 좋은 점들은 따로 있다.

몸이 가볍다.

몸무게가 줄어 오는 가벼움이 아니다. 채식을 한 후로 내 몸의 움직임이 가볍고 날래졌다. 어려서부터 다리 부종이 심해서 친구들과 쇼핑을 가도 벤치를 찾아 앉을 궁리만 했던 나였다. 운동을 하려고 해도 움직이고 싶은 기력도 의지력도 없었다. 고기를 먹으면 기력이 찬다고 해서 곰탕에 수육, 닭백숙 등등 열심히 챙겨 먹었지만 몸은 더 무거워질 뿐 막상 움직일 힘은 나지 않았다.

10여 년에 걸쳐 천천히 비건이 된 나는 '어느 날 채식을 하고 난 뒤 모든 게 기적처럼 좋아졌다' 같은, 누구나 혹할 법한 얘기를 해 줄 수는 없다. 그러나 완전 채식을 꾸준히 실천하고 있는 지금의 내 몸은 예전과는 다르다. 예전에는 이것저것 하고 싶은 게 많아도 힘이 받쳐 주지 않아서 포기한 일들이 많았다. 비건이 되고서는 체력도 정신력도 좋아져 많은 것을 이루며 살고 있다.

일주일에 최소 두 번, 아침에 달리기로 한 스스로와의 약속도 지키고 있고, 회사 업무에 종일 에너지를 쏟고 퇴근해도 내가 좋아하는 요리를 하거나 다른 취미 생활을 즐길 수 있는 힘이 남아 있다. 잘 먹고 잘 자기 위해 들이는 노력이나 시간이 언뜻 시간 낭비라고 생각할 수 있는데, 내 몸을 위한 투자가 내게 끝없이 이윤을 가져다주고 있는 것이다.

살아 있는 것들과 더 가까워진다.

나를 위해 시간을 쓰고 살면 내 중심으로만 세상이 돌아갈 것이라고 생각했다. 나 좋자고 시작한 채식이 나뿐만 아니라 내 주변과 생태계에 선한 영향력을 미치고 나와 자연을 이어 주는 매개체가 될 줄은 몰랐다. 전에는 전혀 관심 없던 것들이 채식을 하고 눈에 들어왔다. 계절의 바뀜이나 식물의 성장 같은 작은 변화 하나하나가 얼마나 엄청난 힘을 가지고 있는지 보이기 시작했다.

나뭇가지 끝에서 처음 삐어 나오는 새 잎사귀에 감탄하게 될 줄 몰랐다. 예전의 나는 이런 감정이 너무 감성적이고 심지어 촌스럽다고 생각했는데, 요즘에는 자그맣게 기지개를 켜는 여린 잎들을 보며 설레는 나를 발견한다. 전에는 별 생각이 없었는데, 채소나 과일을 살 때도 그 각각의 모양을 살피는 재미가 각별하다. 저마다 다른 개성을 지닌 채 자라난 재료들을 보며 그것들이 그만큼 자라기 위해 얼마나 힘을 써야 했을까 싶다. 냉장고 채소칸에 옹기종기 모여 있는 재료들이 나를 벅차오르게 하는 순간이 생겼다.

또 길에서 우연히 다른 집 개나 길고양이를 마주칠 때마다 누구보다 동물들이 내가 무해한 사람이라는 걸 느끼고 있음을 감지할 수 있다. 이런 느낌은 논리 정연하게 혹은 과학적으로 설명할 수는 없다. 그렇지만 길거리의 동물들이 나를 대하는 태도나 눈빛은 분명 과거와는 달라졌다고 확신한다.

아픈 날이 거의 없다.

아토피를 달고 살았고 장염으로 한두 달에 한 번씩은 병원 약을 먹어야 했던 내가 채식을 하고서는 어떤 약도 먹지 않고 무척 잘 살고 있다. 웬만해서는 병원을 잘 찾지 않는 이곳 유럽 사람들의 라이프 스타일에 맞춰 사는 이유도 있겠지만, 채식하기 전과 비교해서 약 하나 없이도 잘 사는 내가 가끔 신기할 때가 있다. 주에 2~3회는 꼭 파스타, 빵 등 밀가루를 먹고 사는데도 소화가 잘 되고 배변 활동도 원활해서 '잘 먹고 잘 산다'라는 게 어떤 건지 매일 몸으로 느낀다.

특히 아파서 쉬어야만 하는 날이 사라졌다. 회사 생활을 하다 보면 어떤 날은 정말 아파서 일할 수 없기만을 바랄 때가 있는데, 채식하고 병가를 낸 일이 단 한 번도 없다. 일어나자마자 힘이 넘쳐 나기 때문에 아프다고 거짓말도 할 수 없을 정도다. 너무 좋아진 내 건강을 탓하며(?) 열심히 업무를 시작한다. 언젠가 회사의 여성 동료들끼리 여행을 떠난 적이 있다. 숙소에서 소파를 옮길 일이 있었는데, 내가 소파를 번쩍 들어 올리자 한 동료가 농담조로 "유리는 역시 비건이라 힘도 세네!"라고 했다. 그때는 그냥 웃고 넘겼는데 곰곰 생각해 보니 정말 맞는 말인 것 같았다.

비건이 되고서 아프지 않은 이유는 몸 안에 염증이 줄었기 때문이다. 예전에는 얼굴에 뭔가 올라오면 3~4일은 넘게 가고 운동 후에도 회복이 더딘 편이었다. 등산을 하거나 근육을 많이 쓰는 격한 운동을 하면 통증 때문에 많이 움직이지 못했고, 당연히 근육이 늘지도 않았다. 그러나 지금은 근육 통증도 하루 정도면 다 낫고, 맨눈으로도 확인할 수 있는 잔근육이 많이 늘었다. 그렇게 늘어난 근육이 나를 지탱하고, 어제보다 건강해진 나는 내일의 근육을 키워 줄 채식을 이어 하는 끝없는 선순환이 일어나고 있다.

마음이 (더) 건강해진다.

글로 다 설명하기 어려운, 아주 미묘하지만 알아챌 수 있는 긍정적 변화는 정말 많다. 주기적으로 찾아오던 마음속 요동이 줄었고, 힘든 일이 있더라도 내 안으로 침잠하지 않고 상황을 이성적으로 살펴보면서 불쾌한 감정을 빨리 털어 내는 법을 배웠다. 작은 일에 전전긍긍하며 혼자 번뇌하는 날들이 많았는데, 나이가 들어 무뎌진 것도 있겠지만, 비건이 된 후 그런 마음을 묵히는 일이 줄었다.

마음이 쉬이 요동치지 않게 된 까닭은 순전히 채식을 먹어서만이 아닐 것이다. 나와 사랑하는 사람을 위해 직접 재료를 골라 손질해 요리한 음식은 단순히 돈을 벌기 위해 파는 음식과는 다르다. 그렇게 집밥을 만들고 나누면서 내가 아끼는 사람들과의 관계가 자연스럽게 더 돈독해질 수밖에 없다.

회사 생활을 하다 보면 인간관계나 회사 내 입지에 대한 고민, 업무와 관련한 불만 등 여러 이유로 감정 소모할 일이 잦다. 나는 점심시간에 동료들과 얘기를 나누는 것으로 그날의 스트레스는 되도록 그날 해소하려고 한다. 채식주의자 동료들과는 처음 시도한 비건 요리법을 화제로 신나게 수다를 떤다. 그러다 보면 점심시간은 우리 사이의 남다른 연대감을 확인하는 장이 되기도 한다. 물론 내 도시락 메뉴를 궁금해하는 비채식인 동료들과도 자연스럽게 얘기를 나눈다.

회사를 다니면서 비건식을 유지하려면 회사 동료들한테 눈치가 보이고 심하게는 인간관계를 포기해야 한다는 사람들도 있지만, 내 경우에는 오히려 채식이 동료들과 나 사이를 더욱 끈끈하게 이어 주었다. '모든 게 다 채식 덕'이라고는 할 수 없지만, '얼마간 채식 덕'인 건 맞다.

네덜란드와 독일에서 장보기

독일에서 요리 유튜버로 생활하면서 내가 살고 있는 곳의 시장과 관련한 질문을 종종 받는다. 독일에 오기 전에는 네덜란드에서 3년간 살았다. 헤이그에서 처음 살기 시작했던 때부터 본격적으로 제대로 된 집밥을 해 먹었으니 장보기는 이미 도가 텄다고 생각했다. 어떤 시장에 신선한 과일이 있는지, 어느 슈퍼마켓에서 더 값싸고 질 좋은 채소를 파는지 터득했고 한국인에게 은근히 중요한, 어느 슈퍼마켓에서 파는 두부가 제일 맛있는지 등 내 나름의 자잘한 팁도 얻었다. 독일로 이사하기로 결정했을 때 '사는 데 별 차이가 있겠어?' 싶었는데 웬걸, 겪어 보니 두 나라 사이에 다른 점도 많았고, 나라별 시장의 특색도 달랐다. 여기서는 단순히 어느 나라가 더 좋다, 나쁘다기보다는 있는 사실 그대로 두 나라에서 장을 보며 느낀 점을 소개하려고 한다.

시장에서 장보기

두 나라 모두 매주 수요일과 토요일 시내 중앙에 장이 선다. 과일과 채소부터 고기, 생선, 견과류, 빵, 주전부리를 파는 건 같은데 그 안에서도 차이점이 있다. 먼저 네덜란드 시장은 판매하는 과일과 채소의 종류가 계절에 상관없이 늘 풍부한 편이다. 사계절 내내 균일하게 질 좋은 채소와 과일을 살 수 있다. 아마도 네덜란드가 엄청난 양의 식재료를 실내 재배할 수 있는 각종 최첨단 기술을 가지고 있기 때문일 것이다. 네덜란드는 국토 면적이 남한의 3분의 1 정도면서 세계에서 두 번째로 큰 농산물 수출국이기도 하다.

또 다른 특징은 네덜란드 시장에는 생선 가판대가 참 많다는 것. 네덜란드 사람들이 생선을 정말 좋아하기 때문이다. 하링(Haring. 절인 청어요리)과 키벨링(Kibbeling. 튀긴 대구살)도 간식으로 많이 판다. 그래서 네덜란드 장터에는 고소한 튀김 냄새가 항상 가득하다. 토요일 아침에 장 보러 나온 거의 모든 네덜란드 사람들이 간식으로 하나씩은 사 먹는 것 같다.

네덜란드인의 하링 사랑이 얼마나 각별한지 알게 된 사건이 있다. 주중 아침 9시가 갓 넘은 시간, 생선가게도 막 문을 연 참이었다. 내가 자전거를 타고 그 앞을 지나가는데 두 아이를 데리고 나온 아버지 한 분이 아이들을 옆에 두고 하링을 입에 넣는 걸 보았다. 그 모습이 우리나라 사람으로 치자면, 아주 고약한 숙취를 겪고 난 뒤 첫 끼로 시원한 해장국을 한술 입에 떠 넣는 순간에 비교할 수 있을 것 같았다. 아주 행복하면서 통쾌한 그런 얼굴이었다. 밤잠이 없는 아이들에게 간밤 내내 시달린 건지 알 수는 없지만, 육아에 지쳐 보이는 아버지가 하링 먹는 행복한 얼굴을 보니 나도 덩달아 웃음이 났다. '아, 네덜란드 사람들은 하링을 정말 좋아하는구나' 하고 그날 깨달았다.

고백하자면 나는 한 번도 먹어 본 적은 없다. 비릿하면서 시큼한 냄새와 미끈미끈한 식감이 도저히 엄두가 안 났다. 대신 키벨링은 가끔 먹었는데 정말 맛있었다(오해하지 마시라. 비건이 아니었을 때의 얘기다). 네덜란드를 방문할 계획이 있다면 꼭 드셔 보기를 바란다.

네덜란드 시장 하면 핀다카스(Pindakaas. 땅콩버터)도 빼놓을 수 없다. 네덜란드 사람들이 또 좋아하는 식재료 중 하나가 바로 핀다카스다. 얼마나 좋아하는지 'Helaas Pindakaas'라는 말을 쓴다. Helaas는 '유감스럽게', '불행히도'라는 뜻으로 직역하면 도무지 무슨 말인지 알 수 없지만, 하여간 네덜란드 사람들은 운 나쁜 일이 있을 때 이 관용구를 즐겨 사용한다. 네덜란드어를 못하는 나도 자주 썼다. 내가 살던 도시의 장에는 견과류와 올리브, 각종 남유럽식 소스를 파는 가판대가 있었는데, 갓 만든 땅콩버터를 팔기도 했다. 그곳 땅콩버터 냄새가 특히나 고소해서 지날 때마다 시식하지 않고는 배길 수가 없었다. 지금도 그리운 냄새다.

독일의 시장은 네덜란드와는 다른 특색이 있다. 이곳 시장에서는 지역 농산물과 제철 채소를 많이 판다. 계절에 따라 채소 값이나 채소 질의 변동도 눈에 띄는 편이다. 예를 들어 비트의 경우, 한창 수확 철인 봄에서 초여름까지는 실하면서 값싼 것을 구하기가 쉽지만, 가을로 접어들자마자 가격도 오르고 간간이 시중에 판매하는 것들도 상태가 그다지 좋아 보이지 않는다. 또 채소나 과일마다 산지가 어디인지 꼼꼼히 표시해 두는 걸 보면 독일 사람들은 확실히 지역 농산물을 선호하는구나 알 수 있다.

독일 시장에서 가장 눈여겨볼 만한 점은 바로 유기농 채소와 과일 전문 소매상이 있다는 것이다. 네덜란드에서는 유기농 전문 슈퍼마켓에 가야 그나마 신선한 유기농 제품을 살 수 있는데 독일에서는 시장에서도 신선한 유기농 채소를 잔뜩 살 수 있다.

하나 더 추가하자면 독일 시장에는 빵 판매상이 다양하다. 빵 종류가 600개가 넘는 나라니 당연하다. 덕분에 나는 이 빵 저 빵 먹어 가며 빵빵해지고 있다.

네덜란드 사람들이 생선에 진심이라면 독일 사람들은 소시지에 대한 애정이 넘친다. 주말에 장을 보러 가면 부랏부르스트(Bratwurst. 구워 먹는 소시지 종류로 주로 빵에 끼워 판다) 가판대에 20명도 넘는 사람들이 줄줄이 서서 기다리고 있다. 먹고 있는 사람들 얼굴을 보면 웃음이 넘치는 게 틀림없이 맛있는 것 같다(물론 나는 먹을 생각이 없지만). 주말 시장 한곳에서만도 부랏부르스트와 커리부르스트(Currywurst. 구운 소시지를 잘라 카레가루를 뿌려서 감자튀김과 함께 판다)를 파는 가판대가 세 곳이나 되는 걸 보면 네덜란드인의 생선 사랑만큼이나 독일인의 소시지 사랑도 대단하다는 걸 느낀다.

내가 독일의 시장에서 인상 깊게 본 모습은 사람들이 플라스틱 봉지를 사용하지 않는다는 점이다. 독일 사람들은 에코백이나 작은 천으로 만든 주머니를 가져와서 채소를 담아 간다. 시장 상인들도 종이봉투를 구비해 두지만 이것조차 쓰지 않는 사람들이 대다수다. 실생활에서 환경 보호를 실천하는 태도가 참 보기 좋았고, 내가 그동안 플라스틱 봉지를 얼마나 쉽게 쓰고 버렸는지 반성했다. 독일 시장을 이용하며 에코백을 챙기는 습관만큼은 확실히 들였다.

슈퍼마켓에서 장보기

독일의 큰 슈퍼마켓 체인에는 REWE, EDEKA, Aldi, Lidl, 그리고 내가 주로 가는 Alnatura가 있다. 타 체인점과 다르게 Alnatura는 유기농 전문 슈퍼마켓이다. 우리나라의 한살림과 같다고 생각하면 될 것 같다. 우리 집 식재료의 60%는 이 Alnatura에서 사 온다. 다른 곳은 정 급할 때나 지나가다가 갑자기 사야 할 게 떠오르면 이용하는 편이다. 처음 독일에 왔을 때 REWE에 가서 장을 봤는데 생각보다 지출이 커 놀랐다. 그런데 살면서 비교해 보니 그곳뿐만 아니라 확실히 네덜란드보다 독일이 식재료 값이 비쌌다. 집밥 해 먹는 내게는 참 슬픈 일이다. 그래도 주말에는 시장을 이용하는 등 최대한 싸고 합리적으로 장 보려고 노력 중이다.

네덜란드의 큰 슈퍼마켓 체인은 Albert Heijn, Jumbo, Dirk, Ekoplaza가 있다(Aldi와 Lidl도 있지만 네덜란드에서는 내가 가본 적이 없으므로 뺐다). 네덜란드 살 때 제일 많이 이용한 슈퍼마켓은 Albert Heijn이다. 다른 곳들보다 깔끔하고 유기농 제품을 많이 팔았다. 하지만 가장 큰 이유는 세계 각국에서 온 질 좋은 상품을 많이 찾을 수 있었기 때문이다. 다른 유럽연합 내 국가 제품 말고도 멕시코, 태국, 인도네시아, 일본 등에서 온 수입 제품도 손쉽게 찾을 수 있었고 우리나라의 김과 된장, 고추장을 종류별로 구비한 매장도 보았다.

두 나라에서 장을 본 경험으로 미뤄 이 가까운 두 나라 국민성의 차이 또한 깨달았다. 일반화하기는 어렵지만, 경험상 네덜란드 사람들이 다른 나라 문화와 음식에 열려 있고 진보한 편이라고 느꼈다. 반면 독일 사람들은 자국 음식과 문화를 제일 소중히 생각하고 고유한 생활 양식을 고수하려는 편이다.

예를 들어 독일 슈퍼마켓의 경우 제품의 다양성이 네덜란드보다 떨어진다. 다양한 나라의 음식을 만들고 싶은데 독일에서는 독일 외 나라의 식재료 구하기가 힘들어서 요즘에는 저녁 메뉴가 단조로워지고 있는 점이 아쉽다. 태국식 커리

페이스트나 삼발(Sambal. 매운 고추, 양파 등을 갈아 낸 인도네시아식 매운 소스)은 슈퍼마켓에서 도통 보이지가 않아 아마존으로 구매한다.

네덜란드 슈퍼마켓에서는 현금 쓸 일이 없었다. 보너스 카드가 있어서 적립금도 쌓고 카드 전용 무인 계산대도 일반적이라 간편했다. 그런데 독일에 오고 나니, 세상에나. 여기는 현금 아니면 지불도 안 되고 심지어 카드는 독일에서 연계좌로만 나오는 EC카드만 사용할 수 있다. 네덜란드에서는 카드 한 장이면 웬만한 소비는 다 할 수 있으니 지갑 쓸 일이 없어서 그만 지갑을 버릴까도 생각했는데 그렇게 하지 않은 게 다행이었다.

적어 놓고 보니 독일의 슈퍼마켓은 단점뿐인 것 같지만, 사실 장점도 많다. Alnatura의 경우는 유기농 먹거리 이외에도 비건 화장품과 생활용품이 네덜란드보다 훨씬 더 다양하다. 뭐랄까, 독일 사람들은 먹는 것 이외의 다른 생활 요소에서도 동물의 권리를 생각한다는 인상을 받았다. 그리고 내가 없으면 못 사는 초콜릿 종류도 네덜란드보다 월등히 더 많고 맛도 좋아서 열심히 사 먹고 있다.

예쁘고 깨끗하지 않아도 괜찮아

뜨겁게 내리쬐는 페루의 햇살을 뒤로하고 축축한 돌이 뿜어내는 습기 안으로 한 발짝 발을 내딛는다. 저 멀리 어둑어둑 숯검정 주방이 가까워 온다. 주방의 투박한 기물들이 여기저기 벌여 있는 이곳은 페루 아레키파에 있는 산타 카탈리나 수녀원의 수많은 주방들 중 하나다. 수녀들이 지내는 방이 모여 있는 곳마다 하나씩 마련된 주방은, 각기 모양새는 다르지만 하나같이 툽툽하게 생겼다.

머리 위를 찌를 듯 쏘아 대던 열기도 주방 안에서는 잔잔한 온기에 그치고 만다. 바깥의 기운과 달리 서늘하다 싶을 정도다. 거친 돌들로 쌓은, 거뭇하게 탄 아궁이는 '못났다'고 할 만큼 볼품없다. 하지만 단순하고 고요한 이 공간에 나는 완전히 사로잡혔다. 내 고른 숨소리만 울리는 이곳에서 매일 불을 지폈을 수녀들의 모습을 그려 본다. 물을 끓이고, 채소를 다듬고, 말라 딱딱해진 빵을 수프에 뜯어 넣으며 점심을 준비했을 모습이 눈앞에 생생하다. 그녀들의 손은 아궁이처럼 검은 때가 묻어 있고, 썰고 있는 채소의 일부분은 벌레 먹었을 것이다.

우리 집의 주방과는 전혀 다른 모습에 요리하는 곳의 의미를 다시 생각해 본다. 내게 주방은 인스타그램에 올려도 손색없을 만큼 예쁘고 깨끗해야만 하는 공간이다. 하지만 매캐한 연기에 그을린 이곳은 춥고 곤궁한 지난날의 그림자가 어려 있다. 먹고사는 우리의 풍경이 단 1~2세기 사이에 완전히 바뀐 걸 실감했다. 지금을 살아가는 나는, '얼마나 많은 것을 노력 없이 얻었나?' 하는 감사함과 함께 삶에서 뭔가 중요한 것을 잃었다는 상실감이 마음속에 휘몰아쳤다.

산타 카탈리나 수녀원의 주방을 둘러보며 최근에 다시 읽은 박완서 작가의 「그 많던 싱아는 누가 다 먹었을까」를 떠올렸다. 농사지을 거름을 얻으려고 동네 아이들이 한곳에서 대변을 봐야 했다는 작가의 회상이 수녀원 주방의 풍경 위로 겹쳐졌다. 아주 먼 과거까지 거슬러 올라가지 않더라도 우리는 자연의 한 부분이요, 우리 몸으로 들어오는 것과 나가는 것이 자연스럽게 연결되는 삶을 살았다. 그러나 내가 먹는 밥이 다음 해에 자랄 쌀의 영양분이 되는, 순환하는 삶이 내게는 낯설기만 하다. 참 슬픈 사실이다.

요즘 시대에 똥을 모아 거름으로 쓰고 그렇게 기른 작물을 먹는다고 하면 고개를 내두르며 더럽다고 생각하는 사람들이 많을 것이다. 나 또한 유기농 브로콜리를 썰다가 갑자기 벌레가 튀어나와 화들짝 놀란 적이 있다. 나도 벌레도 다 자연의 한 부분인데 뭣 때문에 그렇게 놀란 건지. 도마 위를 기어가는 벌레를 집어 밖으로 보내주며 머쓱해서 실실 웃기도 했다.

우리 집 위층에 사는 루카스와 카롤은 매주 주말 슈퍼마켓 체인 지점장에게 문자를 받는다. "내일 당장 유통기한이 임박해서 처분해야 할 빵이 한 12kg 정도 있어요. 오늘 저녁에 가지러 올 수 있나요?" 혹은 "흠집이 나서 판매가 안 된 감자가 몇 상자 있는데, 다 들고 갈 수 있어요?" 같은 연락을 받는다. 그들은 당장 먹는 데 지장 없는, 하지만 '유통기한'을 이유로 곧 버려질 음식을 받아 와 이웃들에게 나눠 준다.

"너네 집 테라스에 혹시 남는 공간 있니? 슈퍼마켓에서 갖고 온 것들을 며칠만 보관하려는데, 괜찮을까?"

"물론이지. 언제든."

겨우내 쓸 일이 없는 우리 집 테라스에 슈퍼마켓에서 받아 온 음식을 좀 둬도 되냐는 그들의 질문에, 나는 더 묻지도 않고 괜찮다고 했다. 루카스는 매주 우리 집 문을 두드린다. "혹시, 빵 필요해? 빵 먹고 싶으면 그냥 가져다 먹어" 하며 켜켜이 상자를 옮겨 놓는다. 누군가는 먹어야 할, 그냥 뒀다가는 쓰레기가 될 방대한 양의 음식들 위로 날리는 눈발을 보면 왠지 마음이 시리다.

조금씩 말라 가는 빵은 먹을지 말지 고민하다가 쓰레기통으로 직행할 때가 많다. 가까운 빵집에서 만든 지 얼마 안

된 걸 또 사오면 그만이니까. 슈퍼마켓에 진열된 채소와 과일은 늘 촉촉하고 신선해 보인다. 조금이라도 변색되었거나 (설령 자연적으로 변색된 것일지라도) 표면에 자잘한 흠집이 있거나 모양새가 조금 울퉁불퉁한 것은 먹는 데 전혀 상관없어도 팔리지 않아서 버려지기가 예사다. 이렇게 먹는 일에 사치를 부릴 수 있을 만큼 잘 살게 된 지금에 감사해야 하는지 아니면 분개해야 하는지 잘 모르겠다.

루카스와 카롤은 매주 시에서 20km 떨어진 공동 밭에 나가 일을 한다. 그들은 Auer Garden이라는 비영리 단체가 회원제로 운영하는 농장의 회원이다. 이곳에서는 대규모의 농지에 다양한 종류의 채소와 과일을 전부 유기농으로 재배한다. 단체 소속 농부들은 중간 상인 없이 회원들에게서 1년치 구독료를 받아 농작물을 계획하고, 심는다. 그렇게 1년간 재배한 채소나 과일을 수확해 근처 회원들 집으로 배달한다. 또 이 단체의 회원이라면 누구든 원할 때마다 밭에 가서 함께 일할 수 있고 직접 먹을 재료들을 돌볼 수 있다.

겨울이 끝나갈 즈음 루카스와 카롤은 더 바빠졌다. 다가올 여름 딸기를 키우기 위해 밭 한편에 비닐하우스를 만들어야 하고, 회원이 늘어 생긴 수익으로 새로 들인 트랙터를 처음 끌기 위해서다. 이런 탓에 그들의 바지 무릎은 검은 흙물로 물들어 있고, 손톱 사이에는 까맣게 흙이 끼어 있다. 그 모습이 불결하다는 생각은 전혀 들지 않는다. 오히려 자연스러워 보인다.

한때 흙을 만지기가 꺼림칙하다고 느껴지기도 했다. 집에서 키우는 식물 분갈이를 하거나, 봄의 끝자락에 바질이나 파슬리 씨앗을 심을 때, 손톱 사이에 낀 검은 흙을 꼼꼼히 긁어내며 혹시 다른 사람들에게 더러워 보이지나 않을까 걱정했다. 생명이 자라나는 근원인 흙이 어쩌다가 불결의 온상이 되었는지 나 스스로도 놀라면서.

신기하게도 해가 지날수록 흙과 가까이 살고 싶다는 생각이 더욱 강하게 든다. 뙤약볕은 두렵지만 땅을 일구며 몸 쓰는 기쁨을 만끽하고 싶고, 직접 기른 채소를 거둬들이는 행복을 누리고 싶다. 그렇게 자연과 가까이, 단순하게 지내고 싶다. 자랑하고 싶을 만큼 예쁘지도, 완벽하게 깨끗하지도 않은 소박한 주방에서 요리하며 고요히 늙어 가고 싶다. '못난' 주방의 수녀들처럼 말이다.

내가 자라나는 곳, 주방

내가 제일 좋아하는 시 한 편이 있다.

어느
늦은 저녁 나는
흰 공기에 담긴 밥에서
김이 피어 올라오는 것을 보고 있었다
그때 알았다
무엇인가 영원히 지나가버렸다고
지금도 영원히
지나가버리고 있다고

밥을 먹어야지

나는 밥을 먹었다

–한강, 「어느 늦은 저녁 나는」•

시 안에 서 있는 나는 주방 안을 감도는 부드러운 쌀 냄새와 먹먹한 허탈감을 함께 느낀다. 찌개를 데우고 반찬을 내놓는 일 말고는 아무것도 일어나지 않을 것 같은 주방 안에서는 날 섰던 감정이 사그라들고, 불처럼 뜨거웠던 순간들도 차분히 식는다. 주방은 내 하루를 시작하고 마무리하는 곳, 일상에서 내가 꽤 많은 시간을 보내는 곳이면서 앞으로도 내 삶의 중요한 배경이 될 곳이다.

나는 주방에 유달리 애착을 느낀다. 그 안에 있는 모든 작은 것(인도 동료에게 받아 온 소량의 향신료, 우리 집에 방문한 시엄마가 매운 걸 좋아하는 나를 위해 냉장고 가득 채워 두고 간 매운 고추 하바네로, 한여름을 대비해서 소분해 미리 얼려 둔 바나나)이 어느 서랍에, 어떤 용기 안에 들어 있는지 단 한 번의 망설임 없이 찾아낼 수 있다. 누군가에게는 그저 밥하고 먹는 장소가 내게는 곳곳에 숨겨진 보물을 캐내는 재미가 쏠쏠한 공간인 것이다.

네덜란드에서 처음으로 나와 토마스의 보금자리를 마련했다. 여유 자금도 충분치 않았고, 네덜란드 말도 서툴렀던 우리가 겨우 발견한 첫 집은 바로 주방 때문에 계약했다.

나는 그 집을 처음 봤을 때 '아, 여기다' 했다. 주방 뒤쪽으로 크게 난 창문과 거실의 창문이 서로 모서리를 두고 마주 보고 있었는데, 그 모서리를 끼고 있던 공간은 자그마한 텃밭이었다. 그곳에는 집주인이 심어 둔 갖가지 꽃과 딸기가 넝쿨져 있었다. 넓고 쾌적하지는 않았지만 나는 그렇게라도 자연의 한 모퉁이와 연결되어 있는 주방이 너무 좋았다.

빠듯한 예산으로 구한 첫 집의 주방인 만큼 식기, 주방 도구 대부분을 이미 우리가 가지고 있었던 이케아 제품들로 쓸 수밖에 없었다. 하지만 천천히, 그리고 조금씩 나는 주방을 나만의 색으로 채웠다. 델프트 주말 벼룩시장에서 사 온 아프리카에서 만들어진 샐러드 접시, 암스테르담의 가장 큰 중고시장에서 싼값에 쟁여 온 찻주전자 세트, 그리고 시할머니가 만드신 자기 화분에 심은 이름 모를 식물들까지 모두 주방보다 내 마음에 먼저 한자리를 차지한 물건들이었다.

이 물건들을 내 머릿속에 그려 둔 '제자리'에 놓기까지는 오랜 시간이 걸렸다. 이전 집주인이 직접 만들어 설치했다던 요상한 모양의 선반들을 떼다 버려야 했고, 주방 벽 중앙에 철심까지 박아 설치했던 전자레인지 거치대도 집주인과 실랑이 끝에 제거했다. 토마스는 진짜 우리 집도 아닌 월셋집 주방을 왜 그렇게 공들여 바꾸려 하냐며 처음에는 내 계획을 이해하지 못하는 눈치였다. 그래도 그는 "다 해 놓고 보면 너도 뭔지 알 거야"라는 내 어깃장에 끝까지 속는 척하며 새 선반이며 오븐이며 손수 설치해 주었다.

그 집에서 오래 살지는 못했다. 햇수로 2년을 못 채우고 우리는 독일로 이사를 했다. 어떻게 보면 헛된 일에 돈과 시간을 버렸다고도 할 수 있다. 하지만 누가 뭐래도 내 기억에 가장 애틋한 내 첫 주방에 쏟은 우리의 노력이 나는 자랑스럽고 사랑스럽다. 두 사람이 지나다니기에도 턱없이 비좁은 그 작은 복도식 주방 안에서 우리 둘이 천 번이 넘는 밥을 지어 먹으며 '이제 하나가 아닌 둘'이라는 정체성을 단단히 세울 수 있었기 때문에.

독일로 이사해 6개월 남짓 머물렀던 꼭대기 층 집 주방은 내가 바꿀 수 있는 것이 한정되었다. 가구도 식기도 전부 남의 것이었고, 우리는 단지 정해진 시간이 지나면 언젠가 나가야 하는 이방인일 뿐이었다. 조금이나마 내 색깔로 덧칠해 보려 노력했지만, 항상 남의 집에 와 있는 듯 불편한 마음을 누를 수 없었다. 조심성 없이 잘 덤벙거리는 나는 컵 하나, 간장 종지 하나 식기의 개수까지 틀림없이 맞춰서 살아야 했던 그 주방이 어색했다.

그런데도 그 주방에 애착이 가는 건 바로 내가 요리 영상을 본격적으로 촬영하기 시작한 곳이기 때문이다. 영상은 찍어 본 적도 없거니와 카메라도, 조명도 어떻게 다루는지 모르는 내가 무턱대고 요리법 영상을 찍기 시작했다. 그곳에서 숱하게 고민하기도 했다. '내가 잘할 수 있을까?'라는 막연한 의심보다 '내가 정말 좋은 요리법을 소개할 수 있을까?' 하는 의구심 때문이었다. 하지만 도마와 냄비가 언제나처럼 나를 다독여 주었고, 모든 게 낯설었던 그 주방에서 나는 성장해 갔다.

이사를 가기 전날, 조금씩 들여놓았던 살림살이를 상자 안에 차곡차곡 담으며 못내 아쉬웠다. 잠시 머무른 그 주방의 가장 멋진 순간은 저물녘 주방 창밖으로 지는 해의 고운 빛깔이 보일 때였다. 나는 분홍색이었다 파란색이었다 보라색이었다 하며 내려앉는 해가 보이는 창가에 서서 여러 번 숨을 내쉬었다. 늦겨울 찬 바람이 내 마음에도 들어앉았다.

지금 우리가 사는 집은 스무 곳이 넘는 집을 보고 나서야 겨우 계약한 집이다. 수많은 곳을 둘러봤지만 역시 늘 걸리는 건 주방이었다. 어떤 집은 무슨 까닭인지 찬장부터 심지어 냉장고까지 모든 게 다 보라색이었다. 그러나 월세가 저렴한 편이었고 오랜 집 찾기에 지쳤었기에 토마스는 그냥 이 집으로 계약하자고 했다. 나는 우리에게 꼭 맞는, 완벽한 집을 곧 찾을 것이라며 완강히 버텼다. 그러면서도 내심 걱정했다. 마음에 쏙 드는 주방을 찾으려다가 아예 집도 절도 없는 신세가 될지도 모르니까.

보라색 주방의 집을 거절하고 난 다음 날 기적처럼 집 계약을 했다. 저녁 느지막한 시간에 보러 간 곳이었다. 중개인에게 월세나 위치 등 조건을 들었을 때 의심이 들 만큼 괜찮아서 오히려 기대가 크지 않았다. 그저 미련이 남지 않게 둘러보자고 들어간 집 가장 안쪽에 위치한 주방을 봤을 때, 나는 눈물이 터지려는 걸 간신히 참았다. 수없이 봐 온 주방들 중 처음으로 그 작디작은 공간 안에 있는 우리를 그릴 수 있어서였다. 오래되고 보잘것없는 주방에 감탄하는 나를 집주인이 보더니 계약서에 바로 사인을 하는 게 어떻겠냐고 했다. 계약서 위에 내 이름을 굽이쳐 쓴 깊은 펜 자국을 따라 새 나라, 새집에 드디어 나를 심는 기분이었다.

나는 이미 내가 원하는 주방의 모습을 알고 있었다. 이전 세입자에게 말도 안 되는 헐값을 주고 20년 넘은 찬장과 오븐을 샀다. 그걸 몇 달간 쓰면서 우리는 새 주방을 차차 꾸며 나갔다. 직접 선반을 만든다고 목재를 사다 자르고, 사포질하고, 깊은 고동색이 나도록 색을 입혀서 주방 벽에 설치했다. 머릿속으로만 스케치해 보던 주방을 비로소 완성한 날, 우리 집은 정말 '우리 집'이 되었다.

이제 주방은 내 쌍둥이 같다. 내 안에 있는 작고 소소한 모습을 빚어 담아낸 듯한 이 공간에 있으면 나는 가장 나다운 사람이 된다. 우리 부부를 위한 끼니를 매일 지어 내는 이곳이 내게는 가장 따뜻하고 편안한 공간이다. 그 안에서 양파를 썰며 울고, 반죽을 치대며 웃으면서 오롯이 혼자서 하루를 살아 낸 나를 쓰다듬는 사이에 나는 자라난다.

앞으로 또 얼마나 많은 주방을 만나게 될지 알 수는 없다. 하지만 어느 집, 어느 주방에 있든 나를 닮은 여기 이 공간은 언제나 내 마음 한가운데 자리하고 있을 것이다.

카메라 뒤에서 당근을 쥐고

삼각대의 다리를 길게 늘이고 그 위에 카메라를 고정시킨다. 도마 위 허공에 손을 놓고 초점을 맞추면 촬영 준비가 끝난다. 좁은 주방에 한자리를 차지한 커다란 삼각대는 내가 움직일 공간을 허락하지 않는다. 삼각대의 플라스틱 다리들을 피하며 겨우 서서 재료를 써는 모습이 잘 잡히는 각도를 찾는다. 분명 영상 편집자가 영상 첫 부분 촬영을 시작하기 전 시간을 좀 길게 두라고 했지만, 해가 저물어 가는 탓에 자연광을 놓칠까 봐 부리나케 칼질을 시작한다.

일단 녹화가 시작되면 도중에 마음에 들지 않아도 촬영을 처음부터 다시 할 수는 없다. 내게 주어진 시간은 주말 이틀. 그 안에 스크립트를 짜고, 새 요리법을 시도하고, 영상을 찍고 편집하기에도 빠듯하다. 일단 자른 채소는 써야 하고 어떻게든 요리를 해야 하니 한 영상을 며칠로 나눠 찍을 수는 없는 일이다. 요리의 과정을 한 컷당 한 과정씩 단계별로 담기 위해 빠르게 촬영을 진행해야 한다. 채소를 꺼내 씻고, 중간중간 주방이 지저분해 보이지는 않을까 깔끔히 치우고, 냄비에 올려 둔 요리를 타지 않게 휘저으려면 주말 낮이 10시간쯤 되면 좋겠다. 아니, 10시간 있어도 모자란다. 팔이 10개쯤 달린 인도의 두르가 신이 되어야 제시간에 완벽한 요리와 영상을 함께 만들 수 있을 것 같다.

부족한 시간과 내 덤벙거리는 성격이 협업을 하면 주방 안에 우스운 광경이 종종 펼쳐진다. 좀 더 보기 좋게 채소를 썰려다 우르르 바닥에 떨어뜨리는 건 기본이고, 기름 묻은 손으로 카메라를 만지다 실수로 녹화 버튼을 두 번 눌러서 녹화를 취소하기도 했다. 당근을 열심히 썰다가 한참 뒤에야 녹화가 안 되었다는 걸 깨닫고는 원래 필요했던 양보다 훨씬 더 많은 당근을 썰어야 한 적도 있다. 케이크 재료를 섞다가 두유를 엎는 바람에 한바탕 대청소를 하고 촬영을 재개한 날은 너무 속상해서 울고 싶었다.

회사에서 일이 지독히도 많은 한 주를 보내고 주말이 오면 다 놔 버리고 싶다고 생각할 때도 있었다. 보다 만족스러운 요리법과 영상을 만들기 위해 필요한 시간과 노력, 기술이 내 능력을 초과한다고 여러 번 느꼈기 때문이다. 사람들에게 요리법을 소개할 수 있는 수준으로 정리하려면 같은 요리라도 되풀이해 봐야 한다. 특히 케이크나 쿠키 같은 요리법들이 그렇다. 재료와 주변 환경, 오븐에 따라 결과물이 천차만별로 나올 수 있는 디저트류는 확실히 많이 만들어 봐야 감을 잡을 수 있다. 그래서 주중에 실습 삼아 디저트를 자주 굽는데, 생각대로 되지 않을 때는 답답한 마음에 다 구운 케이크를 한 김 식히는 동안 동네 한 바퀴 뛰러 다녀오기도 했다.

타국에서 비건 요리 유튜브 채널을 운영하며 어려운 점은 한국에서도 쉽게 구할 수 있는 재료로 요리법을 만들어야 한다는 것과 독일에서 구할 수 없는 한국 재료로는 요리를 시도도 못한다는 것이다. 보통 요리할 때 다양한 향신료를 사용하는 편인데, 내 유튜브 채널을 구독하는 분들이 주로 거주하는 한국에서 구할 수 있는지, 그렇지 않다면 대체할 만한 재료가 있는지 알기가 참 어려웠다. 반대로 한국에서 자주 먹던 들깻가루, 깻잎, 각종 나물, 매실액, 수수와 조 같은 곡물류, 그리고 손수 만든 된장, 고추장 등 장류는 독일에서는 구하기가 쉽지 않다. 가끔 '한국에 가서 몇 달간은 밥만 해 먹으며 요리법을 개발해 보면 좋겠다' 같은 공상을 하기도 했다. 결국에는 최대한 구할 수 있는 재료로 쉽고 간단하게 비건 요리를 만들어 냈지만.

요리법도 요리법이지만, 영상을 만드는 건 아예 처음부터 배워야 했다. 핸드폰 카메라로 동영상 찍는 게 전부였던 내가 편집 전문 프로그램도 구독료를 내고 다운로드했다. 다른 유튜버들처럼 멋진 영상을 만들고 싶어서 효과를 찾아보고 단계별로 차근차근 알려주는 편집 전문 유튜버들 영상도 보며 배웠다. 1년을 넘게 고군분투했는데, 아무리 노력해도 넘을 수 없는 장벽이 있는 것 같았다. 내가 원하는 수준의 영상이 나오지 않아서 아쉬울 때도 많았다. 영상 편집자분들의 도움을 받아 만든 영상은 그래도 나아서 덕분에 일주일에 한 번씩은 영상을 올릴 수 있었다. 원하는 게 많은 내 세세한 부탁을 다 받아 준 편집자들에게 항상 감사했다.

그렇게 공들인 요리 과정이 영상으로 만들어지면 그 전의 모든 걱정과 시행착오는 사르르 녹아내린다. 그저 많은 사람들이 이 요리법을 따라 해 줬으면, 좀 더 건강하고 맛있는 요리를 즐길 수 있었으면 하는 바람뿐이다. 하지만 영상을 올렸다고 해서 곧 수만 명의 사람들이 내 영상을 보러 오는 건 아니다. 요리법이 완벽하고 영상이 볼 만해도 홍보를 더 잘하려면 썸네일 만드는 법, 태그 다는 법, 재생목록 만드는 법 등 자잘한 공부를 해야 했다. 사실 '유튜브 알고리즘'이 어떻게 더 많은 사람들에게 내 영상을 노출시키는가를 고민하는 데 시간을 투자하기가 아깝게 느껴질 때가 있다. '그 시간에 더 많은 요리를 할 수 있을 텐데' 하고 말이다.

느리지만, 꾸준히 영상을 올리는 사이 2만 명이 넘는 구독자분들이 생겼다. "맛있게 잘 해 먹었다", "영상 참 감사하다. 잘 봤다"라는 댓글을 읽으면 미소가 절로 났다. 온몸에 펌프로 바람을 불어넣는 것처럼 더 해 볼 힘과 용기가 생겼다. 하지만 "똑같이 따라 했는데 망했다", "재료 구하기 어렵다" 같은 댓글이 달리면 마음이 무겁고 책임감이 더 커졌다. 내 요리법을 믿고 따라 해 주시는 분들의 수고를 헛되이 만든 것 같은 자책감과 함께 좀 더 건강해지고 싶어서 시도한 요리가 잘 안 나와서 혹은 만들 수조차 없어서 혹시나 실망하시지는 않았을까, 이 경험을 끝으로 더 이상 요리를 시도하지 않으시면 어쩌지 하는 안타까움이 들어서였다.

아주 기나긴 코스의 롤러코스터를 탄 것처럼 솟았다 꺼지기를 반복하다가 동력을 완전히 잃은 건 작년 가을이었다. 온 세계가 팬데믹으로 잔뜩 움츠린 그 시점에 나도 함께 움츠러들었다. 회사 일은 점점 늘어났고, 하고 싶은 것들은 너무 많은데 시간은 항상 부족했다. 시간 관리를 잘 못하고, 촘촘히 계획을 세우지 못하는 내 부족함 탓이라고 생각하니 캄캄한 동굴 더 깊숙이 들어앉게 된 것이다.

모든 것에 회의감이 들었다. 극심할 때는 '채식주의'라는 삶의 태도가 자본주의의 논리에 따라 상품화되는 것만 같아 보였다. 그 굴레 안에 들어가 있는 나 자신이 한심하게 느껴졌고, 뭔가 잘못하고 있다고 생각했다. 누구도 내게 짐을 맡긴 적 없는데, 스스로 너무 많은 짐을 떠안고 있다가 주저앉아 버렸다고 해야 하나. 앞으로도 뒤로도 움직이지 못하고 정지한 상태로 몇 달을 보냈다. 유튜브의 세계와도 저절로 멀어졌다.

부정적인 생각에 갇혀 있던 나를 해방시킨 건 사람과 요리였다. 몹쓸 전염병 때문에 사람을 만나기 어려웠는데, 이웃들과 왕래하고 요리를 나누다 보니 삶의 원동력을 다시 찾았다. 절친한 이웃 카롤과 루카스가 시작한 '위브리히(Übrig. 독일어로 '여분의', '남은'이라는 뜻)' 프로젝트가 큰 도움이 되었다. 프로젝트의 일환으로 운영되는 카페에서는 팔리지 않아서 버려질 멀쩡한 음식을 누구나 편히 가져갈 수 있도록 했다. 기본적으로 이곳에서는 카페를 방문하는 모든 사람들에게 커피와 간단한 주전부리를 제공한다. 금액이 정해진 건 아니라서 카페를 이용한 사람들은 기부의 형식으로 자신이 원하는 만큼만 돈을 내면 된다. 나는 이곳에 직접 구운 포카치아와 색다르게 만든 독일식 피칸 초콜릿 케이크를 기부했다. 그리고 오랜만에 온라인이 아닌, 실제 삶에서 모르는 사람들과 소통했다. 눈을 마주 보고 미소를 나누는 순간들이 많아지니 새로운 요리를 하고 싶어졌다. 닫혀 있던 마음이 조금씩, 결국에는 활짝 열렸다.

그래서 다시 삼각대를 꺼냈다. 보얗게 먼지가 내려앉은 카메라는 배터리가 다 닳은 상태라 켜지지도 않았다. 부랴부랴 충전 케이블을 연결했다. 동면에 들기 직전 촬영했던 영상은 스페인식 토마토밥 요리법이었다. 녹화된 영상 속에는 적절한 각도를 찾느라 고심하는 내 목소리가 남아 있었다. 나를 도와 두툼한 손으로 강판에 토마토를 가는 토마스의 모습도 보였다. '나, 참 열심히 했구나', '토마스도 내 유튜브 채널을 열렬히 지지해 주었구나' 깨달았다.

삼각대 뒤에서 당근을 쥐고 나는 다시 새 영상의 구성을 생각한다. 그리고 새로운 요리법과 안부를 오랫동안 기다렸을, <요리하는유리> 유튜브 채널의 모든 구독자분들께 어떻게 인사를 시작할지 고민한다. 싱그럽고 부드럽게, 따뜻한 목소리로 인사하고 싶다.

"모두들 건강하고 즐겁게 지내셨나요?"

비건의 소비

자연스러운 건 오래가지 않아

한국에 있는 친구들에게 보낼 선물을 고민하다가 이렇게 결론을 내렸다. 내가 정말 잘 쓰고 있는 것을 나누자. 그래서 선택한 것이 자몽향 상큼한 핸드크림. 코로나 바이러스 덕(?)에 손을 더 자주 씻게 되니 친구들이 요긴하게 사용하겠다 싶었다. 하지만 동물성 재료도 들어 있지 않고, 동물 실험도 거치지 않은 그 핸드크림은 향이 오래가지는 않았다. 바르는 순간 싱싱한 자몽향이 톡 쏘고는 금세 사라졌다. 향이 오래 지속되는 일반적인 핸드크림과 달라서 친구들이 좋아할까 잠시 망설였지만, 재활용 종이로 만든 포장지로 핸드크림이 든 상자를 둘러쌌다.

비건이 되기 전 예상하지 못했던 생활의 변화 중 하나는 일용품에 첨가된 향에 대한 인식이다. 예전에는 화장품이나 욕실 제품을 고를 때 향이 오래 지속되는 제품을 골랐다. 그래서 로션이나 샴푸를 살 때 향을 맡아 본 뒤 고르는 과정이 필수였다. 처음 비건 제품을 접했을 때 향이 지속되지 않는 게 아쉬웠다. 비교적 향이 강하다고 느껴지는 제품을 골라도 뚜껑을 열어 처음 쓸 때의 그 향은 곧 사라졌다. 그러다가 우연히 벨기에의 작은 도시 겐트에 있는 정원에 들렀던 날 그 이유를 깨달았다. 풀과 꽃 사이를 거닐 때마다 은은한 꽃향기에 끌렸는데, 지나고 나면 이내 향은 공중에서 사라졌다. 새 옷 입은 기분이 든다며 빨래할 때마다 잊지 않고 사용하던 섬유유연제 냄새, 하루 종일 기분 좋은 향이 나서 좋아하던 샴푸 냄새가 떠올랐다. 전부 향기가 오래 간다고 좋아하던 것들이었다. 하지만 인공적이지 않은 자연의 향은 그러지 않았다. 향이 빨리 사라진다고 아쉬워할 필요도, 향을 붙잡으려고 애쓸 필요도 없는 것이었다.

비건은 먹는 것을 포함해 사용하는 것에서도 동물성 재료를 허용하지 않는다. 우리가 매일 쓰는 화장품과 샴푸, 샤워젤 등 많은 일용품에 동물성 재료가 들어가고, 식물성 재료로 만든다고 해도 동물 실험을 거쳐 나오는 제품이 대부분이다. 그래서 비건이 된 후 동물 실험을 하지 않는 브랜드를 알아보고, 동물 실험을 하지 않았음을 표시하는 인증 마크에 대해서도 살펴보았다. 유럽연합은 2004년 화장품을 동물에게 실험하는 것을 금지했고, 2009년에는 화장품 원료 단계에서도 동물 실험을 해서는 안 된다는 법을 제정했다. 2013년부터는 동물 실험을 거쳐 나오는 화장품을 광고하는 것도 불법이다. 비록 예외 조항, 낮은 처벌 수위 등의 논란거리가 있지만, 우리나라도 2017년부터 화장품 동물 실험 금지법을 시행하고 있다.

동물 실험을 거치지 않은 화장품들은 포장도 대개 친환경으로 나온다. 시중에서 샴푸나 샤워젤은 거의 플라스틱 통에 담겨 팔기 때문에 구입하면서도 그게 꼭 필요한 포장 방법인지, 대체할 다른 방법은 없는지 생각해 보지 못했다. 요즘에는 비누 형태로 나온 샴푸나 샤워젤을 쓰고 얼굴도 클렌징 폼 대신 비누로 씻는다. 작은 종이 상자에 담겨 나오는 비누는 여행 다닐 때도 유용하고 자리도 많이 차지하지 않는다. 그래서 우리 집 욕실에는 큰 플라스틱 통들 대신에 자그마한 비누가 놓여 있다. 이런 화장품이나 욕실 제품은 식제품보다는 상대적으로 구매 빈도가 낮아서 쓰레기가 나올 일이 적다.

포장 없는 가게

비건이 되어 렌틸콩이나 콩류, 곡류를 더 자주 먹게 되니 플라스틱으로 포장된 식재료를 사기가 영 마음이 불편했다. 내가 사는 도시에는 '포장 없는 가게(Verpackungsfreier Laden)'가 두 곳이나 있다. 사람들이 주로 먹는 식재료나 세제와 같은 일용품을 천으로 된 작은 봉투나 유리병에 담아 무게를 달아 가격을 매긴다. 내가 큰 슈퍼마켓보다 이 작은 가게들을 선호하는 건 쓰레기를 줄인다는 의미도 있지만, 가게 주인과 이런저런 얘기를 나눌 수 있기 때문이다.

포장 없는 가게를 방문한 지 세 번째 되던 날, 번번이 눈여겨봤지만 '과연 잘 먹을 수 있을까?' 싶었던 식재료 앞에서 한참을 머물렀다. 해바라기씨를 쪄서 말렸다는, 콩고기를 연상시키는 재료였다. 맛은 어떨지, 어떻게 요리하면 될지 핸드폰으로 검색해 보려는 사이 주인이 조용히 다가오더니 도움이 필요하냐고 물었다. 그녀는 이 재료가 어디에서 만들어졌고, 어떻게 요리하는지, 일반적인 콩고기와 어떻게 다른지, 자기는 어떤 요리에 써먹는지 등 다양한 팁을 알려 주었다. 그날 나는 자신 있게 100% 해바라기씨 '고기'를 사 왔고, 가게 주인이 세심히 알려 준 요리법을 활용해 파스타 소스에 넣어 먹었다. 자연 그대로의 재료로 만든 요리를 추구하는 나에게도 맛에서나 건강의 측면에서나 무척 만족스러운 한 끼였다. 전과는 달리 이제는 포장이 화려하고 광고가 멋진 제품보다는, 사람들과 따뜻한 눈빛을 나눌 수 있는 곳에서 판매자와 구매자를 연결해 주는 제품을 소비하는 것이 더 좋다.

우리를 이어 주는 소비

얼마 전에는 내 친구 마리를 오랜만에 만났다. 마리는 나와 토마스를 이어 준 일등 공신인데, 그날도 언제나처럼 밝고 빛이 났다. 옷이 정말 예쁘다는 내 칭찬에 "사실 벼룩시장에서 산 중고 옷이야"라고 대답했다. 마리는 빈티지 옷을 사 입고 자기만의 개성을 찾았다고 했다. 또 사람들이 환경을 생각한다면서 유기농이나 친환경 소재의 옷을 새로 사 입는 것보다 아직 입고 다닐 만하지만 아무도 입지 않아 쓰레기가 될 옷을 입는 편이 환경 보호에 도움이 될 것이라도 했다. 누군가에게 많은 추억과 이야깃거리를 만들어 줬을 옷을 입어서였을까. 마리의 표정이 한결 더 다채로워 보였다.

마리를 만나고 돌아오면서 친환경 마케팅에 넘어가 새 제품을 사려고 했던 나 자신을 반성했다. 코코넛으로 만든 볼부터 유기농 솜을 사용했다는 티셔츠까지 '환경을 지키자'라는 취지로 나오는 제품들은 왠지 힙 해 보여서 몽땅 사야 할 것 같았다. 그렇지만 이미 내가 직접 만든 볼도 있고, 앞으로 몇 년은 거뜬히 입을 수 있는 티셔츠도 있었다. 새것을 살 필요가 없는 것이다. 대신 내가 가지고 있는 것들을 더 아껴 쓰기로 했다. 요즘에는 충동적으로 산 탓에 손이 잘 가지 않는 옷이나 가방을 더 자주 쓰려고 하고, 단추가 떨어지거나 조금 구멍이 나면 꿰어 쓰는 습관을 들이고 있다. 정말 마음에 들지 않아 옷장에 쌓여 있는 옷들은 중고 거래 앱에 올려 팔고 있다. 내가 더 이상 필요로 하지 않는 옷이 신기하게도 다른 사람에게 꼭 필요한 것일 때가 많다.

회사에서 분기마다 하는 이벤트로, 난민과 노숙자들에게 옷을 무료로 나눠 주는 기부 단체에서 일일 자원봉사를 한 적이 있다. 우리의 임무는 상자에 든 옷가지와 신발, 가방 등을 분류하는 일이었다. 커다란 물류창고에 쌓여 있는 상자만도 어마어마했다. 15명의 팀원이 10상자를 채 못 끝내고 나가떨어지고 말았다. 기부 단체 직원이 말하기를, 한 주에 20상자 넘게 받을 때도 있다고 했다. 사람들이 기부한 옷이 넘쳐 나서 그걸 분류해 소각하는 게 단체의 골칫거리라는 얘기도 들었다. 더 이상 마음에 들지 않는 옷을 파는 대신 기부한다면 더 좋은 일이지 않을까 생각했었는데, 애당초 우리가 얼마나 많은 옷을 사들인 뒤 쉽게 버리는지 깨닫게 되었다. 예전에는 예쁜 옷을 사 입고 자랑하는 게 일이었지만, 이제는 얼마나 오랫동안 새 옷을 사지 않았는지가 내 자랑거리가 되었다.

내가 소비에 대해 새롭게 배운 건, 나를 먼저 잘 알아야 한다는 것이다. 어떤 가치를 우선하는지, 어떤 생활 방식을 추구하며 사는지, 어떤 음식을 자주 먹고 어떤 용품들을 자주 쓰는지 등 내 안팎을 두루 살피는 과정이 소비보다 선행되어야 한다. 특히 비건이 되고서 소비를 할 때 가장 염두에 두는 가치는 '이 제품이 만들어지는 과정 중 누군가에게 해를 입혔는가?'다. 어떤 제품이 만들어지는 과정에서 사람이든 동물이든 누구에게라도 고통이나 아픔을 줬다면 나는 그 제품을 쓰면서 진정으로 즐길 수 없고, 행복할 수 없기 때문이다. 이렇게 먼저 나를 이해하는 단계를 거치면 멋모르고 엉뚱한 물건이나 옷을 살 일이 적고 쓰레기를 만들 일도 줄어든다. 그리고 내가 정말 좋아하는 물건을 오래도록 잘 쓸 수 있다.

'아껴 쓰고, 나눠 쓰고, 바꿔 쓰고, 다시 쓰자'던 우리나라의 아나바다 운동처럼 몇몇 유럽 국가에는 물자를 절약하고 재활용하는 문화가 실생활에 잘 녹아 있다. 우리 동네에는 가끔 집 앞마다 "Zu Verschenken(무료로 가져가세요)"이라고 적힌 상자들이 놓여 있기도 한다. 읽고 난 책들, 잘 작동하지만 더 이상 쓸모없는 물건들을 집 앞에 두면 누구든 지나가다가 주워 갈 수 있다. 나 역시 그렇게 가져온 물건들이 꽤 되는데, 신기하게도 그런 물건들에 더 애정이 간다. 중고로 사는 물건들도 그렇다. 누군가의 손때와 역사가 묻은 것들이 나와 그 이름 모를 사람을 연결해 주는 듯한 묘한 기분이 든다.

한국의 친구들에게 내가 선물한 핸드크림을 무척 잘 쓰고 있다며, 고맙다고 연락이 왔다. 내가 잘 쓰고 있는 걸 친구들 또한 좋다고 하니 나도 뿌듯했다. 멀리 있어 자주 보지 못하는 친구들과 나를 이어 준 소비에, 새삼 소비하는 일이 주는 기쁨을 생각했다.

채소 같은 기분

당근처럼 아삭한 기분이야!

푹 삶은 감자처럼 포근해!

볶은 버섯처럼 쫄깃해!

매일 아침 동료들이 형식적으로 묻는 "오늘 어때(How's it going)?"라는 질문에, 그날따라 좋은 내 기분을 잘 드러낼 수 있는 말이 떠올라 대뜸 외쳤다.

"당근처럼 아삭한 기분이야(I feel crunchy like carrots)!"

이내 사무실에 박장대소가 터졌다. 그런 비유는 처음 듣는다며 다들 웃음 만발이다. 나도 멋쩍어서 따라 웃다 보니 정말 싱싱한 햇당근을 베어 문 것처럼 달고 풋풋한 맛이 입안에 감돈다. 함께 있는 사람들과 크게 웃는 이 기분을 아삭한 당근보다 더 잘 표현할 단어가 있을까.

즐겁다가, 화를 냈다가, 한껏 부드러워졌다가, 신이 나는 우리의 다양한 감정처럼 채소의 종류는 무궁무진하다. 요리책을 펼 때마다 전혀 몰랐던 새로운 채소를 만나는데, 그럴 때면 하루 빨리 그 재료를 구해다가 요리하고 싶어 안달이 난다. 꼭 어린 시절, 어린이날 선물 포장지를 뜯어내기 직전의 순간처럼 짧은 파동이 가슴에 일어난다.

비트를 처음 만난 날이 그랬다. 짙붉은 비트는 샐러드 요리책에서 발견한 채소다. 감자 같기도 하고 짤뚱한 무 같기도 한 비트는 네덜란드 살던 시절 시장에서 처음 사 보았다. 요리책에는 아주 간략하게 '익힌 비트를 깍둑썰기 한다'라고만 적혀 있어서 잎줄기가 길게 뻗은 비트 한 단을 어떻게 손질해야 하는지 막막했다. 왠지 고구마처럼 구워야 맛있을 것 같은 느낌이 들어 인터넷으로 비트 굽는 법을 찾았다. 겉에 묻은 흙을 잘 씻은 뒤 포일에 싸서 거의 1시간가량을 구워야 한단다. 소금 후추 간도 조금씩 하고 올리브유를 둘러 꽁꽁 포일에 싸맨 비트 두 알을 오븐에 넣었다. 커다란 오븐에 비트만 굽는 게 아까워 급히 빵 반죽도 했다.

1시간 만에 다 구워진 빵과 비트를 같이 꺼냈다. 빵은 잔뜩 부풀어 올라 폭신했고, 포일을 벗긴 비트에서는 김이 모락모락 솟아올랐다. 빵이 한 김 식고 난 뒤에도 여전히 따뜻한 비트를 쥐고 조심스레 껍질을 벗겼다. 내 손은 비트즙으로 불그레한 물이 들었다. 옷에 튈까 조심조심 잘라서 한입에 넣었다. 감자와 무, 고구마를 섞으면 이런 맛일까. 달큼한 맛에, 푹 익지 않은 무처럼 물크러지는 식감이었다. 갓 구운 빵에 올려 겨자씨가 씹히는 노란 머스터드를 올리고 소금 간을 살짝 했더니 맛 조합이 딱 맞았다. '저녁에 샐러드를 만들어야 하니 조금만 먹어야지' 하고 적당한 크기로 잘라 냉장고에 넣어 두는 그 오후의 순간이 꼭 비트 같았다. 주방에는 땅속 깊은 곳부터 단단히 자라나 부드럽게 익은 비트의 달큼함이 은은하게 배어 있었다.

내가 이미 알고 있는 채소들을 조금씩 닮은 비트는 생김새를 보고 예상했던 것보다 더 익숙한 맛이었다. 미국 뉴올리언스의 대표적인 스튜 요리인 검보(Gumbo) 요리법을 찾다가 알게 된 오크라는 또 달랐다. 오크라는 겉보기에는 청양고추처럼 생겼고 안에 씨가 들어 있어서 사진으로 처음 봤을 때 낯이 익었다. 우리네 장날, 채소 파는 아주머니의 소쿠리에 담겨 있어도 어색하지 않을 그런 모습이었다. 우리나라의 한여름 날씨처럼 덥고 습기 찬 기후에서 잘 자라는 오크라를, 추운 네덜란드의 가을에 찾기는 쉽지 않았다. 주말 시장에서도 슈퍼마켓에서도 도통 찾을 수가 없어서 한동안 검보 요리법을 적어만 두고 시도도 못했다.

그러다 암스테르담 어느 길가의 자그마한 인도 식재료 상점에서 오크라를 실제로 처음 보았다. 뜻밖의 곳에서 오랫동안 못 본 친구를 만난 것처럼 너무나 기뻤다. 상점 주인이 내게 인도가 세계에서 오크라를 제일 많이 재배하는 곳이라는 걸 알려 주었다. 어쩌면 뜻밖이 아닌 마땅한 곳에서 오크라를 발견한 것이었다. 오크라 한 바구니를 고이 집까지 가져

와서 그날 저녁 바로 검보를 만들기로 했다.

오크라를 씻고 자르는데 미끈거리는 감촉에 당황스러웠다. 다시마를 불리고 나서 만지는 느낌과 비슷했는데, 이렇게 미끈대는 채소는 처음이라 상한 건 아닌가 싶었다. 다른 재료들이 끓고 있는 냄비에 넣기 전 다시 한 번 오크라에 대해 찾아보았다. 미끈거리는 점액질은 오크라 고유의 특징이며, 이런 점이 검보를 걸쭉하게 만드는 역할을 한다는 걸 확인하고 잘라 둔 오크라를 투하했다. 어떤 맛이 날까 조금 걱정이 앞서는 마음으로 먹을 만한 요리가 완성되기를 기다렸다.

밀가루가 들어간 루(Roux) 때문이어서도 그랬겠지만, 오크라를 넣은 검보는 무척 걸쭉했다. 검보 한 국자를 크게 푸자 마치 오랜 여행을 마치고 집에 돌아온 순간 같았다. 뜨끈하고 칼칼한 국물을 밥과 함께 먹었다. 토마토, 버섯, 양파 등 여러 채소가 섞여 있어 오크라의 맛을 콕 집어내기는 어려웠지만 모습만 보고 예상했던 것만큼 친숙한 맛은 아니었다. 신기한 식감과 맛에 홀려 든든한 식사를 마치고 난 저녁은 푹 익은 오크라처럼 묵직한 어둠이 이미 짙어져 있었다.

다양한 재료들을 다듬고 요리하고 맛보다 보면 내 기분도 그날 먹은 것을 따라간다. 누군가의 따뜻한 포옹이 그리운 날에는 그해에 갓 나온 포슬포슬한 햇감자를 넣은 부드러운 감자수프를, 처진 기분을 한껏 올려 줄 활력이 필요할 때는 탱글탱글한 표고버섯과 느타리버섯을 간장에 볶아 버섯 쌈밥 한 상을 차려 먹는다. 그날그날 내가 먹는 채소는 내 몸과 마음에 청신한 에너지를 불어넣는다.

오늘도 오늘의 채소를 골라 상을 차려야겠다.

주

1. 나, 이대로 먹어도 될까?

누군가는 값을 치른다

• 정모경, 「(The) analysis of endocrine disruptors in patients with central precocious puberty」 연세대학교 의과대학 석사학위논문, 2019.

•• Hartle, J. C., Navas-Acien, A., Lawrence, R. S., "The consumption of canned food and beverages and urinary Bisphenol A concentrations in NHANES 2003-2008," Environmental Research, 150, 2016, pp.375-382.

우리가 농약을 먹고 있다고?

• Roberts, J. R., Karr, C. J., "Pesticide Exposure in Children," PEDIATRICS, 130(6), 2012, pp.1765-1788.

•• Chiu, Y., Williams, P. L., Gillman, M. W., et al. "Association Between Pesticide Residue Intake From Consumption of Fruits and Vegetables and Pregnancy Outcomes Among Women Undergoing Infertility Treatment With Assisted Reproductive Technology," JAMA Internal Medicine, 178(1), 2018, pp.17-26.

라면 안 먹는 한국인의 고백

• Prevent disease, "This Is What Happens In Your Stomach When You Consume Packaged Ramen Noodles With a Deadly Preservative", 2014. 1. 19.(https://preventdisease.com/news/14/011914_This-Is-What-Happens-In-Your-Stomach-When-You-Consume-Packaged-Ramen-Noodles.shtml)

•• Real farmacy, "Scientists Reveal Ramen Noodles Cause Heart Disease, Stroke & Metabolic Syndrome", 2014. 10. 1.(https://realfarmacy.com/

scientists-reveal-ramen-noodles-cause-heart-disease-stroke-metabolic-syndrome/)

2. 나를 위해, 내 방식대로 시작한 일

유제품은 정말 이로울까?

• Bischoff-Ferrari, H. A., Dawson-Hughes, B., Baron, J. A., Kanis J. A., Orav, E. J., Staehelin, H. B., Kiel, D. P., Burckhardt, P., Henschkowski, J., Spiegelman, D., Li, R., Wong, J. B., Feskanich, D., Willett, W. C., "Milk intake and risk of hip fracture in men and women: a meta-analysis of prospective cohort studies," JOURNAL OF BONE AND MINERAL RESEARCH, 26(4), 2011, pp.833-839.

•• Michaëlsson, K., Wolk, A., Langenskiöld, S., Basu, S., Warensjö, Lemming E., Melhus, H., Byberg, L., "Milk intake and risk of mortality and fractures in women and men: cohort studies," British Medical Journal(Clinical research ed.), 349, 2014. 10. 28., p.6015.

사람들은 왜 비건이 될까?

• 「오죽하면 '방귀세' 생길 뻔… 자동차 가스보다 독한 소 방귀」, 『중앙일보』, 2021.2.12.

•• COWSPIRACY: The Sustainability Secret, 2014.(https://www.cowspiracy.com/infographic)

4. 식탁의 변화, 삶의 변화

내가 자라나는 곳, 주방

• 한강, 「어느 늦은 저녁 나는」, 『서랍에 저녁을 넣어 두었다』, 문학과지성사, 2013년, 11쪽.

Bonus Recipe

맛있고 건강한 비건 베이킹

순두부 초코무스

모카 케이크

소보로빵

레몬 타르트

초코칩 쿠키

옥수수빵

녹차 스콘

아몬드 비스코티

자두 복숭아 갈레트

Bonus Recipe 1

순두부 초코무스

순두부는 찌개에 넣거나 반찬으로 만들어 먹었지, 디저트를 만들 수 있을 것이라고는 상상도 못 했어요. 비건이 되고 나서야 우리가 흔히 먹던 재료를 색다르게 요리할 수 있다는 걸 알게 되었죠. 순두부는 짭짤하면서 고소한 맛도 있지만, 어떤 재료와 섞이는지에 따라 그 맛이 달라지는 재료기도 해요. 카멜레온 같은 매력이 있죠. 그래서 달달한 디저트를 만들 때도 유용하게 쓸 수 있답니다. 특히 이 요리법은 10분 안에 뚝딱 만들 수 있어서 단것 당기는 날 빠르게 만들어 먹기 정말 좋아요.

Ingredients

순두부 400g, 다크 초콜릿(카카오 함량 85% 이상 추천) 30g, 코코넛오일 15ml, 코코아가루 20g(다크 초콜릿 10g으로 대체 가능), 소금 약간, 바닐라 엑스트랙트 1작은술, 메이플 시럽 15ml(물엿으로 대체 가능)

How to make

1 다크 초콜릿을 잘게 잘라 그릇에 넣고 코코넛오일을 더한 뒤 전자레인지에 10초 돌리거나 중탕해서 녹인다.
2 믹서에 순두부, 코코아가루, 소금, 바닐라 엑스트랙트, 메이플 시럽을 순서대로 넣고 최고 속도로 30초간 섞는다.
3 2에 1을 더한 뒤 30초간 더 섞어 주면 완성. 알맞은 용기에 담아 냉장고에 보관했다가 먹는다.

Tip 냉장고에 하루 정도 뒀다가 먹어야 제일 맛있고, 좀 더 꾸덕하게 하고 싶으면 만들 때 초콜릿이나 코코넛오일 분량을 늘여도 좋다.

Bonus Recipe 2

모카 케이크

최근 몇 년간 제 생일 케이크를 직접 만들고 있어요. 처음 구운 건 치즈 케이크였는데 소금 양 조절에 실패하는 바람에 짭짤한 케이크를 먹어야 했던 슬픈 기억이 있어요. 그 후로는 꽤 성공적으로 굽고 있는데요. 특히 재작년 생일에 만든 이 모카 케이크는 정말 부드럽고 진해서 먹으면서 얼마나 행복했는지 몰라요. 케이크에 바른 비건크림은 앞에 나온 순두부 초코무스를 썼답니다. 축하할 일이 있을 때마다 구워 먹으면 행복이 2배가 될 거예요!

Ingredients

중력분 240g(중력분 120g과 통밀가루 120g을 섞어도 무방), 설탕 200g, 코코아가루 75g, 베이킹 소다 5g, 소금 3g, 물 120ml, 커피 120ml, 두유 125ml, 식물성 기름(해바라기씨유, 포도씨유) 180ml, 바닐라 엑스트랙트 1작은술, 식물성 요거트 120g

How to make

1 오븐을 180도로 예열한다.
2 중력분, 설탕, 코코아가루, 베이킹 소다, 소금을 체에 쳐 대접에 곱게 내린 뒤 한데 잘 섞는다.
3 2에 물, 커피, 두유, 식물성 기름, 바닐라 엑스트랙트, 식물성 요거트를 넣고 섞는다. 재료가 어느 정도 잘 섞였다 싶을 정도로만 슬슬 저어 반죽한다.
4 종이 포일을 깐 케이크 틀(28cm)에 반죽을 붓고 예열된 오븐에 35분간 굽는다.
5 다 익은 케이크는 오븐에서 꺼내서 10분 정도 식힌 후 틀에서 빼내 완전히 식힌다.
6 꾸덕하게 만든 순두부 초코무스를 케이크에 펴 발라 먹어도 맛있다.

Bonus Recipe 3

소보로빵

유럽에 살면 아쉬운 점들이 몇 가지 있어요. 노래방이 없는 것, 정말 매운 요리를 잘하는 식당을 찾기 어렵다는 것…. 그중 가장 아쉬운 건 소보로빵을 만드는 곳이 없다는 거예요. 없으면 괜히 더 먹고 싶은 마음 아시나요? 저는 그래서 비건식으로 직접 만들어 먹어요.

Ingredients 8개 분량

빵 반죽 강력분 300g, 비건 버터 30g, 무정제 설탕 30g, 건조 효모 혹은 드라이 이스트 7g, 소금 3g, 따뜻한 두유 200ml(온도는 체온 정도) 소보로 토핑 박력분 120g, 비건 버터 50g, 땅콩버터 50g, 무정제 설탕 50g, 베이킹파우더 4g, 베이킹 소다 1g, 바닐라 엑스트랙트 1/2작은술, 식물성 요거트 혹은 순두부 20g, 아몬드가루 30g

How to make

1 볼에 강력분, 소금, 건조 효모, 설탕을 넣고 잘 섞는다. 이때, 소금과 건조 효모가 서로 닿지 않도록 유의한다.
2 1에 두유를 넣고 반죽한다.
3 실온에 둔 비건 버터를 2에 넣고 10분 정도 손 반죽 혹은 기계 반죽한 뒤 반죽 위에 면보를 덮어 따뜻한 곳에서 부풀도록 숙성시킨다.
4 새로운 대접에 실온에 둔 비건 버터와 땅콩버터를 넣고 휘핑한다.
5 4에 설탕, 바닐라 엑스트랙트, 식물성 요거트를 넣고 한 번 더 휘핑한다.
6 5에 박력분, 베이킹 소다, 베이킹파우더, 아몬드가루를 넣고 주걱으로 일자로 자르듯이 섞는다. 다 섞은 소보로 토핑은 냉장고에 넣어 둔다.
7 부푼 빵 반죽을 8등분한 뒤 15분 정도 휴지한다.
8 준비된 반죽에 물을 묻히고 미리 뿌려 둔 소보로 토핑 위에 찍어 눌러서 토핑이 달라붙게 한다. 그런 다음 오븐용 팬 위에 잘 옮겨 둔다.
9 오븐을 170도로 예열하고, 그 사이 준비한 빵을 한 번 더 휴지한다.
10 예열된 오븐에 10~13분간 굽는다. 소보로 토핑이 노릇노릇해지면 완성.

Tip 한 번 만들 때 대량으로 구워 얼려 두자. 생각 날 때마다 포일에 싸서 오븐에 데워 먹기 좋다. 얼렸다가 먹을 때는 180도 오븐에 포일에 싸서 5분, 포일을 열어서 윗부분이 바삭해지게 5분 정도 더 구우면 딱 맛있다.

Bonus Recipe 4

레몬 타르트

예전에는 그저 시다고만 생각했던 레몬의 매력에 푹 빠졌답니다. 수프를 끓이고 마지막에 레몬즙을 더해 풍미를 살리거나, 짠맛이 부족하다 싶지만 소금을 넣고 싶지는 않을 때 레몬을 넣으면 감칠맛 나게 먹을 수 있죠. 초콜릿이나 커피를 넣어 만든 묵직한 느낌의 디저트를 좋아하던 제게 레몬은 디저트의 신세계를 열어 줬어요. 특히 이 타르트는 기분이 울적해 입맛이 없는 날 만들어 먹으면 순식간에 기분이 날아갈 듯 가벼워지는 걸 느낄 수 있을 거예요.

Ingredients

타르트 반죽 밀가루 150g, 코코넛오일 20g, 메이플 시럽 혹은 아가베 시럽 20ml, 소금 약간 레몬 크림 갓 짜낸 레몬즙 150ml, 식물성 우유(두유, 코코넛유 등) 120ml, 옥수수 전분 혹은 감자 전분 30g, 무정제 백설탕 200g, 레몬 껍질 간 것 1작은술, 바닐라 엑스트랙트 1작은술, 강황가루 약간

How to make

1 오븐을 180도로 예열한다.
2 타르트 반죽 재료를 섞은 뒤 반죽을 틀에 넣고 평평히 편다. 예열된 오븐에 10분간 초벌구이한다.
3 레몬 크림 재료를 한 냄비에 넣고 끓인 뒤 질척해질 때까지 잘 섞는다.
4 크림이 꾸덕해지면 불을 끄고 한 김 식힌다.
5 초벌구이한 타르트 위에 크림을 평평하게 올린 뒤 15분 더 구우면 완성.

Tip 타르트는 틀에서 빼내기 전 완전히 식힌 다음 냉장고에 보관했다가 먹으면 더 맛있게 먹을 수 있다.

Bonus Recipe 5

초코칩 쿠키

디저트 중 제일 만들기 쉽고 만만한 게 쿠키예요. 하지만 버터나 계란, 우유도 쓰지 않고 쿠키를 만들었을 때 그 결과는 처참했죠. 그래서 여기저기서 보고 배운 방법을 참고하고 보완해 제 나름대로 요리법을 발전시켰답니다. 이 요리법의 가장 큰 장점은 초콜릿 대신 원하는 재료 아무것이나 넣어도 탄성 나오는 쿠키가 된다는 것. 초콜릿 대신 피칸이나 호두를 올려 구워도 맛있어요.

Ingredients

밀가루 300g, 치아씨 20g, 물 50ml, 설탕 200g, 소금 약간, 바닐라 엑스트랙트 1작은술, 베이킹 소다 4g, 초콜릿 칩 80g, 비건 버터 혹은 코코넛오일 180ml

How to make

1 오븐을 180도로 예열한다.
2 모든 재료를 대접에 넣고 잘 섞는다. 좀 더 예쁜 모양의 쿠키를 만들고 싶다면 이때는 초콜릿은 뺀다.
3 반죽을 한 수저씩 떠서 동그랗게 빚은 뒤 오븐 트레이 위에 간격을 많이 두고 올린다.
4 예열된 오븐에 13분간 굽는다.
5 다 구워진 쿠키는 잘 식힌다. 2에서 초콜릿을 제외했다면 이때 초콜릿을 쿠키 위에 예쁘게 올려 준다.

Bonus Recipe 6

옥수수빵

오븐에서 빵이 구워지는 동안 못 참겠다 싶을 정도로 맛있는 냄새를 풍기는 건 단연 옥수수빵인 것 같아요. 노릇노릇 부풀어 오르는 오븐 안의 빵을 보고 있자면 당장이라도 꺼내 따끈할 때 먹어 보고 싶거든요. 마음이 급해도 이 빵은 최소 20분 이상은 식힌 후 먹어야 정말 맛있게 즐길 수 있어요. 저는 옥수수빵과 두유를 함께 아침으로 먹는 걸 좋아해요. 고소하고 달큰한 옥수수 향이 아침나절 내내 활동할 수 있는 힘을 주더라고요.

Ingredients

옥수수가루 200g, 중력분 혹은 건식 현미가루 125g, 베이킹파우더 6g, 베이킹 소다 3g, 소금 5g, 냉동 혹은 찐 옥수수 알 100g, 무정제 설탕 60g, 식물성 우유(두유, 코코넛유 등) 250ml, 식초 2작은술, 올리브유 45ml

How to make

1 오븐을 180도로 예열한다.
2 식물성 우유에 식초를 섞는다.
3 옥수수가루, 중력분, 베이킹파우더, 베이킹 소다, 소금, 설탕을 대접에 넣고 잘 섞어 채친다. 여기에 옥수수 알도 넣는다.
4 3에 2와 올리브유를 함께 넣어 반죽한다.
5 반죽을 빵틀에 붓고 서너 번 살짝 내리쳐서 기포를 뺀다.
6 예열된 오븐에 40~45분간 굽는다. 꺼낸 빵은 틀에서 꺼낸 뒤 20분 이상 충분히 식힌 후 잘라 먹는다.

Bonus Recipe 7

녹차 스콘

아직은 어색한 친구들과의 티타임에 초대 받았던 날, 녹차 스콘을 처음 만들어 보았어요. 오후에 만나 커피나 마시며 보드게임을 할 계획이라기에 티타임에 잘 어울릴 것 같으면서 녹차가 들어 있어 색다른 스콘을 구워 갔죠. 테이블 위에 올려놓은 스콘을 다들 맛있다며 하나씩 더 들고 가는 걸 보고 괜히 뿌듯하더라고요. 그날 만난 친구들과 아직도 연락하는데, 그렇게 좋은 인연을 맺게 된 건 이 녹차 스콘 덕이 아닌가 싶어요.

Ingredients

중력분 375g, 소금 3g, 베이킹파우더 15g, 가루 녹차 30g, 비건 버터 115g, 설탕 70g, 두유 200ml, 레몬즙 2작은술, 바닐라 엑스트랙트 1작은술

How to make

1 오븐을 220도로 예열한다.
2 두유에 레몬즙을 섞어 비건 버터밀크를 준비한다.
3 중력분, 소금, 베이킹파우더, 가루 녹차를 체에 쳐 대접에 곱게 내린다.
4 차가운 비건 버터를 3에 더한 후 손으로 문지르듯이 섞는다.
5 4에 준비해 둔 비건 버터밀크와 바닐라 엑스트랙트를 넣고 잘 섞는다.
6 반죽을 한데 모아서 밀가루를 조금 흩뿌린 뒤 밀대로 밀어 1cm 두께로 평평하게 편다.
7 컵이나 모양틀을 이용해서 반죽을 찍어 스콘 모양을 만든다.
8 스콘을 오븐 트레이에 옮긴 뒤 윗부분에 두유를 살짝 바른다.
9 예열된 오븐에 13~15분간 굽는다.
10 따끈할 때 버터나 팥 앙금, 잼을 올려 함께 먹는다.

Tip 녹차 스콘을 만들 때 유의해야 할 점은 모든 재료가 차가워야 한다는 것. 만약 반죽이 다 완성되었는데 미지근하다면 반죽 모양을 잘 잡아 유산지 위에 올려서 냉동실에 15분 정도 두었다가 바로 오븐에 구워 준다. 그래야 잘 부푼 스콘이 나온다.

Bonus Recipe 8

아몬드 비스코티

디저트를 먹을 때 제가 제일 즐기는 식감이 바로 바삭함이에요. 한 입 물었을 때 오도독 씹히는 느낌이 좋아서 고소하게 부스러지는 종류의 디저트를 참 좋아하는데, 비스코티가 그런 디저트 중 최고인 것 같아요. 다른 디저트에 비해 실온에 둬도 오래가고, 친구나 이웃들에게 선물하기도 참 좋더라고요.

Ingredients

중력분 280g, 옥수수가루 80g(밀가루 동량으로 대체 가능), 베이킹파우더 7g, 소금 2g, 코코넛오일 120ml, 무정제 설탕 200g, 바닐라 엑스트랙트 1작은술, 사과 퓌레 125g(단호박이나 바나나 으깬 것 혹은 순두부 동량으로 대체 가능), 구운 아몬드 70g

How to make

1 오븐을 180도로 예열한다.
2 대접에 녹인 코코넛오일, 설탕, 사과 퓌레를 넣고 잘 섞는다.
3 2에 중력분, 옥수수가루, 베이킹파우더, 소금, 바닐라 엑스트랙트를 넣고 함께 섞는다. 구운 아몬드도 숭덩숭덩 잘라서 함께 넣는다. 이때, 모든 재료가 어느 정도 잘 섞였다 싶을 정도로만 슬슬 저어 반죽한다. 너무 많이 섞으면 바삭한 맛이 떨어질 수 있다.
4 오븐 트레이 위에서 반죽을 두 덩이로 나눈 뒤 높이 1cm 직사각형으로 모양을 잡는다.
5 예열된 오븐에 20분간 굽는다.
6 겉이 노릇하게 된 반죽을 꺼내 1cm 두께로 조심조심 썬다. 반죽이 아직 부드러운 상태라 부스러지지 않도록 조심!
7 썬 비스코티를 오븐 트레이 위에 서로 간격을 두고 눕혀 올린다. 다시 오븐에 20분간 굽는데, 처음 10분간 구운 다음 꺼내서 뒤집어 나머지 10분간 굽는다.
8 완전히 다 식힌 뒤 커피와 함께 먹는다.

Bonus Recipe 9

자두 복숭아 갈레트

뜨거운 여름날, 사다 놓은 자두와 복숭아를 서둘러 먹어야 할 때 만들기 적절한 디저트예요. 오븐 없이 프라이팬만 있어도 만들 수 있어서 더 좋은 요리법이랍니다. 갈레트(Galette)는 프랑스에서 넓고 얇은 형태의 케이크나 디저트류를 칭하는 말이에요. 갈레트 반죽 위에는 어떤 과일이든 올려서 구워 먹을 수 있어요. 저는 가을에는 사과, 겨울에는 배, 봄에는 딸기나 생블루베리를 올리기도 해요.

Ingredients

갈레트 반죽 통밀가루 150g, 코코넛 설탕 혹은 흑설탕 10g, 소금 2g, 얼음물 60ml, 올리브유 60ml 갈레트 소 복숭아 200g, 자두 100g, 메이플 시럽 혹은 아가베 시럽 15ml, 옥수수 전분 2.5g(감자 전분 혹은 밀가루로 대체 가능), 바닐라 엑스트랙트 1작은술 선택 재료 계핏가루 약간, 견과류 약간, 식물성 요거트, 비건 아이스크림

How to make

1 오븐을 180도로 예열한다.
2 대접에 반죽 재료를 넣고 잘 섞은 뒤 냉동실에 10분 정도 넣어 둔다.
3 자두와 복숭아를 0.5cm 두께로 얇게 썬 뒤 대접에 넣고 나머지 갈레트 소 재료와 함께 잘 섞는다. 이때, 계핏가루를 더해도 좋다.
4 냉동실에서 반죽을 꺼내 반을 떼어 밀대로 0.3cm 두께가 될 때까지 민다. 이때, 밀가루를 살살 뿌려 가며 밀어야 반죽이 밀대에 들러붙지 않는다.
5 반죽 가운데에 갈레트 소 재료를 올리고 반죽 가장자리는 안으로 접어 가며 마무리한다. 가장자리 윗부분에 두유나 아몬드유를 약간 묻혀서 구우면 더 먹음직스러운 갈레트가 된다.
6 예열된 오븐에 40~45분간 굽는다. 완전히 식힌 후 취향껏 선택 재료를 올려 먹는다.

Tip 프라이팬을 사용해 구울 때는 강불 위에 팬을 올려 1분 이내로 뜨겁게 달군 뒤 종이 포일을 깔고 5까지 준비된 갈레트를 올린다. 뚜껑을 닫은 뒤 8~10분간 바닥 부분이 완전히 구워질 때까지 익힌다. 그다음에는 제일 약불에서 25분 정도 뚜껑을 닫은 채로 굽고, 마지막 5분간은 뒤집어서 굽는다.

자연스럽게, 채식 일상

내 속도로 해 보는 비건 연습

제1판 1쇄　　2021년 8월 18일

지은이　　장유리
발행인　　홍성택
기획편집　　김유진
디자인　　박선주
마케팅　　김영란
인쇄제작　　새한문화사

㈜홍시커뮤니케이션
서울시 강남구 선릉로103길 14, 202호
T. 82-2-6916-4403　F. 82-2-6916-4478
editor@hongdesign.com　hongc.kr

ISBN　　979-11-86198-72-8　03810